KB269760

아메리카 시편

아메리카 시편

오세영 시집

문학동네

自序

　이 시집에 수록된 시들은 1995년 10월부터 1996년 12월까지 「아메리카 시편」이라는 제목으로 『현대시학』지에 연재한 것들이다. 1995년, 나는 버클리 대학 동아시아어과에서 한국 현대문학을 강의하며 미국에 체류하고 있었다. 이때 미국 사회나 문화에 대하여 나름대로 느낀 점이 많았고 이를 시로 썼던 것이다. 연재 당시 제목을 '아메리카 시편'이라고 했던 것도 이러한 이유에서였다.

　그러나 이들 시가 이야기하고 있는 것은 미국 사회 혹은 미국 문명에 국한된 것만은 아니다. 오히려 그것은 오늘의 우리 사회, 우리의 삶에 관한 내용이다. 그러므로 역설적이지만 나는 우리의 얼굴을 우리나라에서가 아니라 미국에 가서 들여다본 셈이 된다. 아마도 두 가지 이유 때문일 것이다. 하나는 '미국'이라는 이 거대하고 위대한 나라가 오늘날 세계 제국에 커다란 그림자를 드리우고 있어서 한국 역시 그 영향으로부터 벗어날 수 없다는 점이고 다른 하나는 한국이 세계의 그 어떤 나라보다도 미국 이상의 '미국'적인 나라가 되어버렸다는 점이다. 여기에는 미국과 관련된 한국 근대화 과정의 특수성과 단기간에 이룩한 자본주의 산업화라는 문제가 개재되어 있을 것이다.

　그러므로 나는 이들 시가 미국을 비판하면서 한국적인 것을 옹호한다거나 우리 고유의 삶의 방식과 전통의 우월성을 강조하려는 의도로 쓰여진 것이 아님을 미리 밝혀두고 싶다. 이 시에서 '아메리카'는 산업사회를, '한국'으로 해석될 수 있는 것은 인간적인 사회를 뜻하는 상징 정도로 이해해주기 바란다. 아마도 전자는 도구적 이성의 세계가 후자는 인간적 혹은 비판적 이성의 세계가 될 것이다.

문학의 기능이 무엇인지를 다시 한번 생각해본다. 역시 인간으로 돌아가는 데 있는 것이 아닐까. 가령 햄버거의 발명은 많은 여성들로 하여금 가사노동으로부터 해방을 가져오도록 만들었다. 그것은 과학의 힘이고 위대한 업적임이 분명하다. 그러나 그로부터 잃어버린 것은 무엇일까. 건강의 문제는 차치하고서라도 가정의 단란함, 삶의 여유 같은 것은 아닐까. 설령 그 잃어버린 것의 총화가 얻은 것의 몇십분지 일에 지나지 않는다 하더라도 시인은 얻은 것보다 잃어버린 것에 관심을 갖는 사람이다. 만일 그렇지 않다면 시는 항상 과학의 찬가에 불과할 것이기 때문이다.— 물론 우리가 경험한 바 지난 비극적인 시대의 어떤 특정한 이데올로기에서는 이를 당연한 것으로 강요한 적은 있었다.— 성경에도 아흔아홉 마리의 양보다는 잃어버린 한 마리의 양이 더 소중하다고 하지 않았는가. 과학자는 한 마리의 양보다 아흔아홉 마리의 양을 더 가치있게 여긴다. 그러나 시인은 그 잃어버린 한 마리의 양을 고귀하게 생각한다. 그래서 시인인 것이다.

특별한 애정으로 이 시들을 연재해주신 '현대시학사'의 외우(畏友) 정진규 주간과 해설을 써주신 장경렬 교수 그리고 이를 예쁘게 한 권의 책으로 묶어주신 '문학동네' 여러분들께 이 자리를 빌려 감사의 말씀을 드린다.

1997년 초하
오세영

차 례

제 3 부

제 1 부

랩송의 철학

말을 잊지 않기 위하여
말을 한다.
말을 하기 위하여 말을 한다.
홀로 있으므로 말을 한다.
로빈슨 크루소도 그랬을 것이다.
아이 엠 소리,
엑스 큐즈 미,
땡큐,
이건 말의 진실한 상대가 없는 말,
그래도
각자 열심히 지껄이는 것은
살아 있음을 증거하기 위한 것일까,
들어줄 사람이 없어 흐름이 막힌 말은
체해
설사를 일으킨다.
말의 설사, 흑인들이, 아니
소외된 아메리카 민중들이 부르는 랩,
로빈슨 크루소의 노래.

오늘의 아메리카는
수많은 섬들이 떠 있는 바다다.

햄버거를 먹으며

사료와 음식의 차이는
무엇일까.
먹이는 것과 먹는 것 혹은
만들어져 있는 것과 자신이 만드는 것.
사람은
제 입맛에 맞춰 음식을 만들어 먹지만
가축은
싫든 좋든 이미 배합된 재료의 음식만을
먹어야 한다.
김치와 두부와 멸치와 장조림과……
한 상 가득 차려놓고
이것저것 골라 자신이 만들어 먹는 음식,
그러나 나는 지금
햄과 치즈와 토막난 토마토와 빵과 방부제가 일률적으로
배합된
아메리카의 사료를 먹고 있다.
재료를 넣고 뺄 수도,
젓가락을 댈 수도,
마음대로 선택할 수도 없이
맨손으로 한 입 덥썩 물어야 하는 저

음식의 독재,
자본의 길들이기.
자유는 아득한 기억의 입맛으로만
남아 있을 뿐이다.

직선은 곡선보다 아름답다

직선은 곡선보다 더
아름다운가,
긍정의 표시로 ○표 대신 ×표를 요구하는
아메리카식 체크.
당신은 전에도 미합중국에 입국한 적이 있습니까,
사회보장번호 등록 신청서에
‘예스’ 대신 치는 ×표.
돌아가면 가는 길도 오는 길인데
지구는 둥근 원인데
한사코 직선을 고집하는
그들의 길
직선으로 배열된 바둑판 거리,
직선으로 쭉 뻗은 프리웨이,
직선으로 금을 그은 국경선,
직선으로 조합된 성조기,
인간은 때로
멀리 돌아가는 것이 더
아름다운 법인데
곡선보다 직선을 추구하는
아메리카의 길

아메리카의
삶.

9자 한 자를 손에 들고

한국인이 4자를 싫어하듯
13을 싫어하는 그들이지만,
때론 엘리베이터 표지판에서
13층을 아예 지워버리기도 하는 그들이지만
구천(九泉), 구만리장천(九萬里長天), 구운몽(九雲夢),
구십춘광(九十春光), 구곡간장(九曲肝腸), 구중궁궐(九重
宮闕), 구품정토(九品淨土)……
한국인들이 9자를 좋아하듯
그들 역시 9자를 좋아한다.
아이리시 커피 라지 사이즈 1불 99전, 햄버거 더블 2불
99전, 핏자 3불 99전에 토핑 추가 99전, 36 숏 코닥 필름
한 통에 6불 99전, 레블롱 립스틱 네 개들이 한 세트 19불
90전, 리바이스 청바지 한 벌 39불 90전, Hennesy 꼬냑
X. O. 1765년산 한 병 399불, 소니 캠코더 CCD TR 92년
형 699불, 동급 한국 삼성 캠코더 299불, 95년형 포드 토
러스 6기통 배기량 3000cc 1만 5천 999불……
항상 프라이스 태그*의 끝자리를 장식하는 9는
자본주의의 행운을 상징하는 숫자인가.
채 100불이 못 된다는 생각에서 고른
정가 99불의 메이드 인 유. 에스. 에이. 시티 캐주얼 한 벌,

그러나 아뿔사 카운터에서는 세금 포함 108불을 지불하
였다.
　아름다운 여인을 얻으려고
　모로코 왕이 제비로 헛짚은 포오샤의 금상자**처럼
　졸지에 털린 미합중국 세계 태환권 현금 108달러,
　9자는 물질을 낚는
　자본주의의 숫자였던 것을…….
　그러므로 9자 한 자를 들고 보아라.
　낚싯바늘같이 생긴 9자, 덫의 올가미같이 생긴 9자,
　팅겨오를 형세의 트랩 용수철같이 생긴 그 9자.

* 프라이스 태그(Price tag) : 미국 상점의 물건값은 항상 끝자리가 9로
되어 있음.
** 포오샤의 금상자 : 셰익스피어의 희극 「베니스의 상인」에서 여주인공
포오샤가 배우자를 고르는 에피소드.

체크*

공란에 체크하란다.
당신은 전에 일 년 이상 미국에 체류한 적이 있습니까,
예, 아니오.
당신의 피부색은?
흰색, 노랑색, 검은색, 갈색, 붉은색,
당신은 과거 마약을 먹어본 적이 있습니까,
예, 아니오.
현금은 사절하고 체크만 받는단다.
매달 내는 월부 집세,
P. G. & E.**와 전화 빌 그리고 인슈어런스,
이름과 주소와 사회보장번호***가 확실히 적힌
체크,
항상 체크하며 살라고 한다.
알람 체크, 도어 체크, 메일 체크, 어카운트 체크
컴퓨터 체크, 약속 체크……
그러나 오늘 나는
파킹 체크에 걸렸다.
규정된 시간에서 5분이 지나 체크당한 나의 차,
80불의 티켓을 손에 들고 트래픽을 체크하며
요리조리 거리를 빠져나오지만

아, 가도 가도 끝이 없는
체크 무늬 아메리카의 미로.
교수 임용 재계약을 원하면 서류의 공란에
체크하란다.
당신은 지난 일 년 동안
마약을 먹어본 적이 있습니까,
예, 아니오.

* 체크(check)
** P. G. & E. : 가스 및 전기 요금 청구서.
*** 사회보장번호(social security number) : 우리의 주민등록번호에 해당
됨.

프렌드*

가능한
상대의 기분을 거스를 필요가 없다.
어차피 우리는 남남으로 사니까,
센트럴 파크**, 한적한
재크린 케네디 오나시스 호변을 거닐다 불쑥
마주치는 백인 홈리스 하나,
내가 먼저 '하이' 하고 손을 흔든다.
'하이' 하고 그가 웃는다.
보기엔 참으로 정겨운 광경이지만
일순 멈췄다 뛰는 내 심장의 박동,
원자탄을 가지고 있어
싸우지 않고 살아가는 미국인과 소련인의 관계처럼
아메리카에서는 항상
상대에게 호감을 표하고 또 그것을 확인해야 한다.
총이 있으므로
매번 양보하고 매번 조심해야 하는
그 젠틀맨쉽.
아버지건 딸이건, 스승이건 제자건, 벗이건 남이건, 목사
이건
도둑이건 하여간

내게 호감을 가진 자는 모두 'Friend'로 불러야 하는 그
〈O. K. 목장의 결투〉***식 아메리칸
어법.

* 프렌드(friend)
** 센트럴 파크(Central park) : 뉴욕의 맨해튼에 있는 공원.
*** 〈O. K. 목장의 결투〉: 50년대 만들어진 미국의 대표적인 서부 영
화.

힙합*

저것이 무엇?
비틀베틀 넘어지고,
저게 무엇?
뱅뱅 돌다 처박고,
폴짝폴짝 뛰다가 쓰러져 뒹구는 저것이
춤이란다.
허리를 갑죽갑죽, 다리를 발발, 엉덩이를 까불까불,
두 팔을 집쩍집쩍, 온몸을 후들후들 떠는 저것이
춤이란다.
춤이란 원래 덩실덩실 추는 법인데
저것은 온통 지랄발광이로구나.
삐꺽거릴 뿐이구나.
생각 없는 기계가 되기 위하여
몸부림치는 저 모습이 가련타.
춤이란 원래 새의 나랫짓을 흉내낸 것이라는데
예술은 자연의 모방이라는데
기계를 모방한 신종 예술,
하우저**를
삐꺽삐꺽 춘다.
히프 아래에다 헐렁하게 걸친 바지 차림에

두 손으로 허공을 쿡쿡 찌르다가
못내 기진하여 쓰러져 뒹구는
힙합,
생각하고 살기가 싫어서
판단하고 살기가 싫어서
고장난 기계처럼 살고 싶은
기계의 춤,
아메리카의 춤.

* 힙합(Hip-Hop) : 흑인, 청소년들 사이에서 유행하는 뛰고 넘어지면서
추는 춤.
** 하우저(Houser) : 느슨하고 헐렁한 바지 차림으로 주로 미국의 불량
소년들 사이에서 유행하는 춤.

샐러드를 먹으며

오토바이 폭음이나 자동차의 쿼터 플리프*나
귀청이 째지는 하드록**만은 아니다.
뛰고 넘어지고 쓰러지는 힙합***만은 아니다.
시끄러운 것은 글자도 마찬가지,
지하철 유리창이나, 빌딩 벽이나, 변소 문짝이나, 창고
셔터나, 자동차 지붕이나, 다리 난간이나, 전화부스나, 담
벼락이나, 입고 다니는 바지의 히프나, 심지어 자신의 얼굴
에까지도
알록달록 휘갈겨쓴 낙서.
Kill all white men! 혹은
White pride! White man rule with pride!
Fuck equal wealth!
Power to wealth!
Sound language든 Visual language든
보디 랭귀지든 말이란 말은 온 나라에서
펄펄 죽 끓듯이 끓지만
끝내 그것은 죽이 되지 못한다.
물은 물대로 증발한 채
파는 파대로, 당근은 당근대로, 게살은 게살대로
뜨거운 양철 냄비에

고스란히 남는 날 소재,
누가 아메리카를 멜팅 폿이라고 했던가.
미국은 시디신 샐러드 디쉬.

* 쿼터 플리프(quater flip) : 자동차 지붕 위에 놓여 있는 25센트짜리 동전이 풀쩍 뛰면서 뒤집어질 정도로 음악소리를 크게 내며 차를 질주하는 것. 미국 청소년들의 유행 중의 하나.
** 하드록(hard rock) : 시끄럽고 요란스러운 록 음악.
*** 힙합(hip hop) : 뛰고 넘어지면서 추는 흑인 청소년들의 춤.

메일 박스

아메리카의 어디를 가나
한길을 향해
대문 밖 멍청히 서 있는 메일 박스.
언뜻 보기엔 새장 같지만
종달새 한 마리가 포로롱 날 것 같지만
아니다, 그것은
무인 포스트,
스파이가 남의 눈을 피해서 첩보를 교환하듯
몰래 수표를 놓고 또 찾아가는
비밀 접선함.
이 세상에서
내게 안부를 물어올 사람이 누구 있다더냐.
누가 손수 펜으로 글을 써 편지를 보낼 사람이 있다더
냐.
매일 주고받는 메일은 항상
각종 요금 청구서 혹은 은행 어카운트 빌 혹은 상품 광
고문,
오늘도 P. G. & E.* 청구서와 카드 결재 확인서가
날아들었다.
현금이 안 통하는 아메리카에서

78.21$을 체크로 끊어 포스트에 넣고 돌아서는
나의 목덜미에
희끗희끗 내리는 눈발,
스파이가 정보를 교환하듯
몰래 체크를 교환한다.
정보가 곧 돈인 아메리카의 무인 포스트
메일 박스.

* P. G. & E. : 가스 및 전기 요금 청구서.

아이스 워터*

생명이
따뜻한 물을 좋아하듯 물질은
차가운 물을 좋아한다.
거칠게 몰아쉬던 숨을 한 컵의 냉각수로 재우는
저 기계들의 일상을 보아라.
자동차의 엔진, 철공소의 선반, 제철소의 압연기, 발전소
의
터빈들이
벌컥벌컥 마셔대는 냉수,
물질은 원래 차기 때문에
찬 것으로 되돌아가고자 한다. 그러나
생명은 따뜻한 사랑의 존재,
그 따뜻함을 지키기 위하여 항상 따뜻한 물을 먹어왔거
니
아, 여기서는 이제부터 나도 기계처럼
냉각수를 먹게 되었구나.
언제부터인가
나의 조국 코리아에서도
예전엔 따끈하게 데워 먹던 막걸리, 소주, 청주를
얼음처럼 차게 얼려 먹느니

이곳 아메리카에서는
도시 더운 식수를 찾을 수가 없구나.
냉수 한 컵을 들고 테이블에 와서
무턱대고 얼음을 처넣는 웨이터에게
불현듯 외치는
'노 아이스!**'
식수로 찬물을 드는 것은
인간이 물질로 환원되어가는 시대의 한
증거일 것이다.

* 아이스 워터(ice water) : 미국인들은 식수로 꼭 얼음냉수만을 마신다.
** 노 아이스(No ice)

풋볼

성조기가 필드를 모방한 것이냐.
필드가 성조기를 모방한 것이냐.
하여간 풋볼의 필드는
미합중국 성조기와 디자인이 똑같다.
가로지른 13개의 빨간 줄은
공을 쥐고 뛰어넘어야 할 필드의
디펜스 라인,
왼편의 반짝이는 50개의 별들은 러너가
획득한 점수,
쿼터 백*으로서 가끔
팜 볼**을 범하기도 했지만
볼을 뺏기기도 했지만
미 대륙의 피니쉬 라인***에
볼을 터치 다운한 지는 이미 오래다.
살인 혐의자 오. 제이. 심슨은
한 시즌에 2천 3야드를 럿싱한
사상 초유의 러너,
석방된 그는 다시 필드에 서지 않지만
성조기가 펄럭이는 스탠드에 앉아
열광하는 미국인들 틈에서

N. F. L.**** 풋볼 경기를 본다.

* 쿼터 백(Quarter back) : 공을 쥐고 달리는 역할을 맡은 선수.
** 팜 볼(Fum ball) : 실수로 공을 놓치는 것.
*** 피니쉬 라인(finish line)
**** N. F. L.(National Football League)

왜 콜라를 마시는 것일까?

왜 콜라를 마시는 것일까,
콜라는 코카와 펩시밖에 없다.
코카콜라를 들고(혹은 펩시콜라를 들고)
바삐 강의실에 들어서는 초미니스커트의 소녀,
발을 꼬고 앉은 채 콜라를 빨면서
페미니즘과 사랑의 상관관계에 대하여 질문하는
저 당돌한 아메리칸 소녀,
그녀는 틀림없이 점심도 한 덩이의 햄버거와
라지 사이즈의 콜라를 들었을 것이다. 아니
2억 6천만의 아메리칸들은 어김없이 오늘도
2억 6천만 잔의 코카 혹은
펩시콜라를 들었을 것이다.
유아가 항상 우윳병을 차고 다니듯
콜라병을 차고 다니는 호모 코카콜라,
왜 콜라를 마시는 것일까,
몸에는 해롭지만
허전함 달래주는 달콤한 그 맛,
외로움 마취시켜주는 쌉쓸한 그 맛,
콜라는
아메리카 성인들의 모유일까,

어머니의 젖을 먹지 않고 자란 사람들의
대리 대상일까,
사랑의 결핍을 채우려 마시는
아메리카의 콜라,
콜라는 코카와 펩시밖에 없다.

종이컵의 사랑

식기는 단지
음식을 담는 용기만은 아니다.
한 지어미의 정성이
고운 두 손에 받쳐 식탁에 오르는 접시,
그러므로 원만한 접시는 원만한 사랑 바로
그것이다.
눈보라 몰아치는 추운 겨울 밤,
따뜻한 벽난로 옆 식탁에 마주 앉아
한 덩이의 보리빵을 뜯는 부부의 평화스러운 얼굴을
창 너머로 보아라.
램프의 흐린 불빛에도
백보석같이 반짝거리는 사기컵의 웃음소리,
나이프와 포크가 접시에 부딪혀 어우러내는
저 밝은 실로폰 소리,
그러나 이제 식기는
단지 식기일 뿐이다.
맥도널드나 타코벨, 아니 어디든
아메리카의 식탁에 놓인 식기,
한 번 쓰고 간편히 버리는 일회용
종이컵 혹은 스치로폴 접시,

세상의 남편들은 지어밀 대하기를
깨질 그릇처럼 대하라는 말씀도
그러므로 이제
수정되어야 한다.
파경이란 원래
깨진 거울을 뜻하는 말이지만
부부는 결코 깨지는 것이 아니라
필요없으면 주저없이 버려야 하는 까닭에…….

지어밀 대하기를 버려질 종이컵처럼
해야 하는 아메리카의 남편.

시뮬레이션*

허상과 실재의 다름이
있다더냐.
'으악' 소리를 지르는 그 순간의
공포,
실재에서 오는 것이든 허상에서 오는 것이든
다른 것은 아무것도 없다.
있는 것은 다만 감각의 몽타주
시각과
청각과
후각과
촉각이 어우러내는 환영,
찰나가 주는 느낌,
우주 여행의 시뮬레이션 스타 워즈**를
참관한다.
'으악'
블랙홀에 빠져들었다.
싯 벨트를 조이는 손등으로
불끈 솟는 힘줄,
'으악'
적의 미사일을 한 방 맞았다.

감싸쥔 안면으로 흐르는
식은땀,
굳이 실재를 추구할 것이 있다더냐.
아메리카는 거대한 하나의 디즈니 랜드,
감각의 믿음밖에 없는 그
실용주의.

* 시뮬레이션(simulation)
** 스타 워즈(Star wars)

펫*

저는 지금 외출중입니다.
플리즈 리브 메시지**,
수화기를 든 채 망설인다.
용건은 없는데 안부를 전할까,
말까,
기계에다 대고 속삭이는
'요즘 잘 지내고 있는지.
보고 싶구나'.
분명 있기는 있는 것 같은데
자동응답기로 상대방을 체크하는
그,
그의 전화를 기다리며
무심결에
탁자 밑에 웅크리고 앉아 있는 한 마리
고양이를 본다.
물끄러미 나를 바라보는 그의
맑은 눈,
덥썩 뛰어 안기는
그의 따뜻한 체온,
기다려도 그의 전화는 종내 없고

고양이를 끌어안고 속삭이는
'요즘 잘 지내고 있는지.
보고 싶구나'.

* 펫(pet) : 애완동물, 미국인들은 병적으로 애완동물에 집착한다.
** 플리즈 리브 메시지(Please leave message).

에너랙시아*

차라리 굶는다.
굶어서 죽는 편이 더 낫다.
사람들은 그것을 다이어트라 하지만
날씬한 몸매를 가꾸기 위해서라 하지만
앙상한 몰골, 퀭한 눈초리를
어찌 아름답다 할 수 있겠느냐.
이 시대의 음식이란 먹는 것이 아니라 먹여지는 것,
뚱보를 만들어내는 사료.
그 사육의 단맛을 끊기 위하여
감옥에 갇힌 우리의 유관순 누나처럼
대마도에 유배된 우리의 최익현 선생처럼
한사코 먹지 않는다.
다이어트란
날씬한 몸매를 가꾸기 위해서가 아니라
자유인이 되기 위해서 하는 것,
울 안의 가축으로 살기보다는
울 밖에서 차라리
굶어 죽는 편이 더 낫다.

* 에너랙시아(Anerexia) : 뚱보가 되는 것에 대한 공포감에서 음식 먹기
를 혐오하여 스스로 굶주리는 병, 거식증(拒食症). 미국에서는 이 병으로
연간 수만 명이 사망한다는 통계가 있음.

아이스크림

나는 외로운 들개,
오늘도 굶주림을 면하려
거리와 광장과 빌딩을 헤매고 다닌다.
표범이 몸을 숨기고 몰래
먹이를 탐색하듯
홀로 컴퓨터 키 보드를 두드려보지만
그러나 손쉬운 사냥감은 아예 없다.
뉴욕은 광막한 아열대성 정글,
가로에 우글거리는 악어떼를 피해서
광장의 교활한 하이에나 무리를 피해서
빌딩에 웅크리고 있는 사자 가족을 피해서
한 마리 들쥐를 좇고 좇다가
오히려 먹힐 뻔했던 오늘 하루,
간신히
표범이 먹다 버린 사슴의 등뼈 하나를 주워들고 돌아와
새끼들과 식탁에 마주 앉는다.
칼로 자르고 포크로 찢어서
어금니로 씹는 한 덩이의 살,
그 피비린 식욕을 감추기 위하여 후식으로
부드러운 아이스크림을
핥고.

포스트 모던 포엠*

어디 시라는 것이 있었다더냐.
아무도 읽지 않고 아무도 본 적 없는
가공의 시,
있단들
있다고 말할 수 있겠느냐,
이미 언어의 통제를 벗어난 의미
부서진 음소들의 파편과 쓰레기들을
포스트 모던의 상표로 포장한
아메리카 또 하나의 상품,
그는 오늘도 티 브이에 나와서
씨엠송을 부르듯 하모니카를 불며
시를 낭독하고 있지만
언어에 가해지는 그의 폭력, 광기의 몸부림을
언제까지 시라고 말할 수 있겠느냐,
있다면
상품의 광고문안 속에,
있다면
전화 앤서링의 안부 속에,
있다면
티 브이 앵커맨의 농담 속에 있는

아메리카의 시.

* 미국의 시인들은 가끔 티 브이에 출연하여 코미디언같이 시를 낭독함.

성조기

아무 데나 국기를 꽂는구나.
모텔 울타리에, 여염집 정원에, 술집 지붕에, 빌딩 옥상
에,
지하철 매표소에, 주유소 출납창구에, 카지노 선전탑에,
농장의 축사에,
쓰레기장에, 높으면 높은 곳이라서, 낮으면 낮은 곳이라
서, 바다가 아닌 육지라서,
육지가 아닌 바다라서, 산이라서, 들이라서……
아무 데나 국기를 꽂는구나.
국기로 손수건을 접고, 국기로 머리수건을 해 두르고, 국
기로 티셔츠를 받쳐 걸치고, 국기를 찢어 팬티를 지어 입
고, 국기로 브래지어를 하고, 국기로 백을 만들어 잡동사니
를 넣어 다니고……
아무 데나 국기는 휘날리는구나.
맑거나, 흐리거나, 비가 오거나, 눈이 오거나, 밤이거나,
낮이거나, 바람이 불거나, 안개가 끼거나, 평일이거나, 국
경일이거나, 사시사철 때를 가리지 않는구나.
새 것이 없는 것도 아니지만 어떤 것은 색이 우중충하
고, 어떤 것은 천이 낡아 찢어지고, 또 어떤 것은 빛이 바
래진 채로 밤낮 없이 바람에 휘날리는구나.

이 땅이 미국임은 분명한데,
이 나라가 미국임은 분명한데,
무슨 불안이 상기 남아 있어서 이처럼
재확인을 해두어야 하는 것이냐.
초등학교 학생들이 자신의 소지품에 이름을 새겨 넣듯
자기 땅에 이름을 새겨 넣어야 비로소 안심이 되는
아메리카 나의 땅 혹은 인디언의 땅?
아니라면
폭약을 적재한 트럭의 붉은 깃발처럼
건드리지 말라는 경고이더냐.

마리화나

아무것도
믿을 것이 없다.
실재하는 것은 돈,
돈이 인간을 움직이고 사회를 움직이고
돈은 자본, 자본은 물질, 물질은 감각
감각밖에 없다.
믿지 못할 가정을 버리고 사회를 버리고
저 감각의 아이스크림,
정신의 시뮬레이션,
마리화나를 피우자.
허상답게
하얀 연기로 사라지는 현실을
애도하며
감각이 이루어낸 저 천국의 창틀에서
흘리는 한 방울의
눈물,
마리화나를 피우자.

제 2 부

너무나 심심해서 죽겠나보다

너무도 심심해서 죽겠나보다.
별일도 아닌데 까르르 웃고,
너무도 지겨워서 못살겠나보다.
날 일도 아닌데 와르르 웃고,
켜논 티 브이 스크린의 드라마와 연예물들은
예외없이 코미디다.
'너 새로운 수학선생 어때?'
'까르르……'
'히틀러같이 생겼어.'
더 '까르르……'
웃을 일도 아닌데 우스워 죽는 것은
사는 데 걱정이 없어서일까.
그만큼 슬픔이 없는 탓일까.
전쟁은 항상 남의 일이고
굶주림은 항상 담 너머 있고
그렇다고 길거리 활보하기 위험하고
그렇다고 떼돈 벌어 부자될 가망 없고
그렇게 한세상 쳇바퀴로 산다면
웃을 일 찾아서 웃기나 할까.
별일도 아닌데 까르르 웃고
날 일도 아닌데 와르르 웃고……

랭군을 넘어서*

아메리카를 좋아하는 딸아,
오늘만은 팝콘을 먹지 말아라.
버터 냄새가 물씬 나는
튀밥,
입으로 듣는 팝송,
네가 지금 보고 있는 저것은
숍 오페라**가 아니다.
마카로니 웨스턴***은 더욱 아니다.
자유란 시간을 죽일 수 있는 사람들의
미덕,
시간을 죽이기 위하여 그들은
팝콘을 먹지만
감각을 달래기 위하여 그들은
팝송을 듣지만
너는 아직 아메리칸이 되기에는
멀다.
지금 화면에서 군화발에 짓밟히는 저 여자는
아웅산 수지****.
줄리아 로버츠*****가 아니다.
너도 예전엔 자유를 위하여 거리로

뛰쳐나간 적이 있지 않았니?
내 딸아,
오늘만은 팝콘을 먹지 말고 영화를 보아라.
너는 아메리칸이 아니다.

* 랭군을 넘어서(Beyond Rangoon) : 영화 제목 〈랭군(버마의 수도)을
넘어서〉, 버마 네윈의 군사 독재를 고발한 미국의 영화로 최근 미국에서
인기를 얻고 있음.
** 솝 오페라(soap opera) : 눈물을 짜는 멜로드라마, 비누를 선전하는
광고의 후원으로 연속 상연되어 미국민적 인기를 얻은 TV의 한 드라마
에서 연유된 말.
*** 마카로니 웨스턴 : 서부영화의 한 종류.
**** 아웅산 수지 : 버마 민주화 투쟁의 영웅, 버마의 독립투사 아웅산의
딸.
***** 줄리아 로버츠 : 미국의 여배우.

갖가지다

갖가지다.
구멍 낸 바지로 히프를 드러낸 소녀, 미니스커트를 터서
사타구니를 과시하고 걷는 아가씨, 찰싹 달라붙은 리넨 바
지에 헐렁한 브래지어만을 한 숙녀, 걸레 옷을 걸친 신사,
나체에 헝겊으로 치부만을 가린 히피.

갖가지다.
코걸이를 한 아이, 귀걸이를 한 청년, 배꼽걸이를 한 숙
녀, 눈썹걸이를 한 아가씨, 입술걸이를 한 여자, 유방걸이
를 한 소녀, 허벅지걸이를 한 부인.

갖가지다.
스킨 헤드*, 모 - 혹**, 피그테일 브레이드***, 헤어 랩
****, 말총머리, 변발, 반쪽머리, 더벅머리, 진홍, 진초록,
진파랑으로 물들인 헤어 다이*****.

다양도 하구나.
소비자의 관심을 끌기 위하여
독특한 디자인으로 포장해서 진열한
쇼윈도의 상품들처럼

기발하게 자신을 드러내는 저 욕망의 시장,
'Interest' 란
관심을 끄는 것이 곧 돈이 되는 일이라는 뜻인데
자본주의의 개성은
남의 관심을 끌어서 자신을 팔고자 하는
상품인가,
관심을 끌지 못할 때는
대량학살의 충격도 마다 않는
유나봄버의 폭탄.

* 스킨 헤드(skin head) : 머리를 면도칼로 밀어버린 이발.
** 모 - 혹(mo - hoak) : 머리카락에 무스를 발라서 송곳처럼 만들어 여
러 개 세운 헤어 패션.
*** 피크테일 브레이드(pig tail braid) : 머리 전체를 밀어버리고 뒤통수
의 몇 가락만 쥐꼬랑지처럼 땋아 내린 헤어 패션.
**** 헤어 랩(hair wrap) : 실가지를 넣어서 머리를 땋는 것.
***** 헤어 다이(hair dye) : 머리를 초록이나 빨강색 따위로 물들이는
것.

유나봄버*

무엇을 널리 알리는 것은
그것이 눈에 띄지 않기 때문이다.
눈에 띄지 않은 것은
스스로 변별성이 없기 때문이다.
스스로의 변별성이 없는 것은
각자 서로 다름이 없기 때문이다.
상품은 하나같이 기계로 찍어내는 것,
그러므로 모든 획일적인 것들에겐
고유명사가 없다.
판매대에 진열된
캔 맥주1, 캔 맥주2, 캔 맥주3……
식빵1, 식빵2, 식빵3……
을 팔기 위하여
신문에 커다랗게 내는 광고,
광고는 항상
보통명사에게만 있을 뿐이다.
아, 그러나 나는 그 보통명사로 남아 있기가 싫다.
남이 알아주지 않는다 해도 군자는
노여움을 타지 말아야 한다는데
스스로를 선전하지 않고서는

살아갈 수 없는 곳
아메리카,
고유명사를 되찾기 위하여서는 드디어 피까지 보아야 하
는
보통명사
유나봄버의 땅.

* 유나봄버(Unabomber) : 1978년부터 18년 간 자신의 소위 「산업혁명
과 기술진보에 관한 선언문」이 뉴욕 타임스와 워싱턴 포스트 지에 게재
되도록 협박한 미지의 사나이에게 붙여진 명칭. 주로 우편물 폭탄테러
(27회)의 방법을 사용하여 그간 불특정의 3명을 살해하고 23명을 부상시
킴. 지난 95년 9월 19일 뉴욕 타임스와 워싱턴 포스트 지는 더이상의 유
나봄버의 테러를 막기 위하여 3천5백만 불 상당의 광고비에 해당하는 광
고란에 그의 선언문을 게재하였음. 선언문의 내용은 현대산업사회와 물
질문명을 비판한 것임.

아, 오클라호마*

텔아비브
벤구리온 아동병원은
팔레스타인의 적의가 폭파하고
서울의 삼풍백화점은
천민자본주의의 탐욕이 폭파했지만
아, 오클라호마 연방청사
그 청사 안 어린 천사의 집은
폭파의 재미가 폭파했다.
심심풀이로
지나가는 개에게 돌을 던져
다리 하나를 분질러놓듯
인간의 수족을 불구로 만들어놓은
그 광기,
우리는 왜 논리로 살아야 하는가
우리는 왜 기계처럼 틀에 박혀 살아야 하는가
한 발 혹은 세 발로 걷는 인간의 사회에서
나는 두 발로 걷고 싶다.
빵으로도, 섹스로도, 혹은 스포츠로도
달랠 수 없는
우리 시대 아메리카의 이 포스트 모던한

권태.

* 오클라호마 폭탄테러 사건 : 1995년 4월 19일 미연방마약단속반, F.B.
I. 비밀정보부, 재무부 그리고 어린이 데이케어센터 등이 입주해 있는 오
클라호마 시티의 연방정부청사가 미지의 테러단에 의하여 무참히 폭파된
사건. 330명이 사망 실종되고 550명이 부상을 당했으며 특히 어린이들의
피해가 컸음. 혐의자 두 명이 붙잡혔으나 아직 확실한 사건의 진상은 밝
혀지지 않았음. 미국 F.B.I.는 1994년 같은 날 텍사스 주에 있는 웨이코
(Waco) 사교집단을 공격하여 이를 진압하는 과정에서 다수의 사상자를
낸 바 있으므로 일설에는 웨이코 사교집단이 이에 관련되었다는 주장이
있으나 분명치 않음.

미국의 대학에서 가르친 이상의 「날개」

'소꿉장난'이라는 말을
압니까?
이상의 「날개」를 강독하다가 문득 던진
나의 질문에
아무도 답하는 학생이 없다.
적당한 단어가 없는 영어로 말하자면
'playing at house keeping'인데
그 뜻을 또한 모르겠단다.
어찌 그렇지 않을 수 있으랴.
태어나서 우유로 자라고
티 브이로 말을 배우고
컴퓨터로 생각을 입력한 아이들인데
소꿉장난인들 한 적이 있었겠느냐.
꽃밭에서
각시와 신랑이 보금자리를 차리는 놀이 대신
컴퓨터에서
I. C. 소프트웨어 DOOM Ⅱ로
총질을 배운 아이들인데
어찌 'house keeping'을 알 수 있으랴.
열 명 중 여섯 명의 부모가 이혼을 했거나 혹은 별거한

학생들을 앞에 놓고 오늘은
이상의 「날개」를 가르친다.
'소꿉장난'이라는 말을 압니까.

그러나 너희들은
결코 비상을 꿈꾸어서는 안 된다.
인간이 날 수 있는 공간은 여전히 환상뿐
비상을 위해 드럭을 먹어서는
안 될 테니까.

러브 콜*

한밤중에
전화가 걸려온다.
안녕하세요? 저는 나타샤 콜이에요
지금 외롭지 않으세요? 시간이 있으면
우리 이야기해요.
행복을 드릴게요.
나는 한 마리 집 잃은 들개다.
너는 여우냐, 아니면 외로운 사향노루냐.
밖은 적막한 어둠에 싸여 있는데,
도시는 정글처럼 숨죽이고 있는데,
문득 자지러질 듯 다가오다 사라지는
구급차의 사이렌 소리,
언어가 무슨 소용이 있나요.
몸으로 접촉하면 되죠,
행복을 사시려면 전화를 주세요.
1-800-411-9111
아메리카는
밤에도 거대한 사냥터인가.
이 메일로, 인터넷으로, 전화로,
티 브이로 공략해오는 '행복'의 판매작전.

오늘밤엔 나도
들국화의 맑은 피를 마시고
싶고.

* 러브 콜(Love call)

뚱보의 나라

걸리버가
미답의 땅을 한 군데 남겨놓았다는 것은
다행스런 일이다.
자본주의를 위해서
항상 새로움을 상품화하는
그 탐욕을 위해서…….
목하,
아메리카는 새로운 인종을 개량중이다.
햄버거와 코카콜라와
핫도그에 의해서 비육된
뚱보의 나라,
예전엔 미래의 인간이
몸통은 작고 머리통만 덜렁 커지리라 상상했는데
아니다. 21세기의 새로운 인종은
달걀 몸통에 좁쌀 머리통의 체형,
그 무거운 체중의 유지에 따르는 식품을 팔아먹고
그 불편한 보행을 담보로 탑승 수단을 팔아먹고
그 비활동성 취미로 하여 비디오를 팔아먹고
그 무딘 지능을 대신해 컴퓨터를 팔아먹고
그 쇠잔해진 건강을 미끼 삼아 의약품을 팔아먹고

목하,
아메리카는 새로운 인종을 개량중이다.
뚱보가 되는 원인이
'롱 푸드*'에서 기인한다는 견해도 있으나
아니다. 그것도 먹지 못하여 에티오피아에서는
하루에도 수백 명씩 굶어 죽고 있지 않은가.
걸리버가
미답의 땅을 한 군데 남겨놓았다는 것은
자본주의를 위해서
정말 다행스러운 일이다.

* 롱 푸드(wrong food) : 핫도그, 햄버거 등 불량 식품.

80번 프리웨이*

백인이라도 좋다.
흑인이라도 좋다.
황인이라도 좋다.
80번째 질주하는 자동차의 운전자를 향해 나는
총을 겨눌 것이다.
— 팡 —
작열하는 총성에
일제히 멈추어선 자동차의 행렬
일순
깨져버린 기계들의 질서,
프리웨이 80번은 돌연
소란스런 광장이 된다.
차선은 짓밟히고
신호는 거부되고
구경꾼들은 몰려들고
…………
사람들은 나를 미쳤다고 하지만
아니다.
왜 80번은 자동차만이 다녀야 하는가,
왜 80번은 차선이 구분되어야만 하는가,

왜 80번은 뉴욕으로 가야만 하는가,
아니 왜 80번은
80번으로 불려야 하는가.

* 80번 프리웨이(I-80 Free Way) : 샌프란시스코를 출발하여 미대륙을
횡단, 뉴욕으로 연결되는 미국의 심장도로. 가끔 지나가는 자동차에 대한
무작위적인 총격사건 소위 'Drive by shooting'이 일어나고 있음. 예컨
대 지난 95년 8월 18일, 80번 도로 세크라멘토 인근에서 지나가는 트럭
에 총격을 가하다가 붙잡힌 스켈리(Scalley, 남 48세)는 15번이나 같은
범죄를 저질렀는데 경찰의 진술에서 그는 라디오나 사람들이나 자동차
따위에서 텔레파시로 '너는 이곳을 떠나라'라는 협박을 받았기 때문이라
고 말한 바 있다.

앰 트랙*을 타고

거대한 구조물로
중국인들이 이 지상에 만리장성을 쌓았다면
미국인들은 아마도 이 세상에서
가장 튼튼하고 긴 철조망을 둘러친 사람들일 것이다.
한 대륙을 쇠줄로 감고 또 감는 그 파란만장의 용기,
앰 트랙을 타고
대륙을 횡단해본 자는 알리라.
열차가 철조망을 쫓아가고 있는지
철조망이 열차를 따라가고 있는지,
오후 3시 5분,
시카고의 유니언 철도역을 출발하여
벌링톤,
오하마, 덴버, 솔트레이크, 라스베가스를 밤낮 이틀에 달
려
다시 오후 3시 20분, 엘 에이에 도착 예정인
내가 지금 타고 있는 이 특급 열차는
'사막의 바람' 호**.
그 끝없는 여로를 철조망은
피곤한 기색도 보이질 않고 따르는구나.
아무도 살지 않아 버려진 땅,

그 전망 좋은 언덕에 올라
푸르른 가을 하늘을 한 번 바래고도 싶다만
철조망에 걸린 팻말은
'No Trespassing'
'Private Property.'
옛 중국의 왕조는 자신의 강토를 지키기 위하여 장성을
쌓았다지만
오늘의 미국인들은
재산을 지키기 위하여
끝없이 철조망을 치는구나.
소유가 확실한 그들의
사유(私有).

* 앰 트랙(Am Track) : 전 미대륙을 연결하고 있는 철도망과 기차의 이
름.
** 사막의 바람(Desert Wind) 호 : 시카고와 로스앤젤레스를 내왕하는
특급 열차.

메이 아이 헬프 유?*

무엇을 도와드릴까요?라는 뜻이
아니다.
메이 아이 헬프 유?
그것은
무엇하러 왔느냐는 질문,
용무가 없으면 나가라는 명령이다.
비벌리 힐스,
그 재스민 향기에 취해 언덕길을 오르는데
불쑥 나타난 백인 하나,
'메이 아이 헬프 유?'
금지구역도 아닌 이 백인 동네를
나는 그저 산책하고 싶을 뿐인데
빨리 사라지라는 독촉이다.
인간이 항상
돕거나 도움을 받는 관계로만 산다면,
인간이
우월하고 열등한 관계로만 산다면
이 세상은 얼마나 살벌하고
슬플 것인가.
용무가 없으면 각자 관계를 끊고 살자는

아메리카의
메이 아이 헬프 유?

* 메이 아이 헬프 유?(May I help you?)

왜 시가 망했는지 알겠다

혼자서 가는 길이 외롭지 않다면
시적(詩的)이지만
혼자서 가는 길이 외롭다면 그건
리얼리즘이다.
혼자 사는 것이 쓸쓸해
옛 모습대로 간직한 방에서 아들의 사진첩을 들고 쓰다
듬으며
세월을 보내는 산드라 할머니,
혼자 사는 것이 무서워
앵무새 한 마리, 고양이 한 마리, 그리고 귀뚜라미 한 쌍
을
데불고 밤낮 몸부림치는 주니퍼 아주머니,
혼자 사는 것이 삭막해
주차장 한켠에 목공소를 차려놓고 틈만 나면 대패질, 톱
질로
세월을 켜는 머피 아저씨,
혼자 사는 것이 불안해 허구한 날
멍하니 집 계단에 앉아 하늘을 바래는
콜만 할아버지,
저 앞 공원 잔디밭에선 젊은 남녀애들이 짝지어

뒹굴고 있는데
저 옆 행길가 섹스 숍에선 하나 둘 네온 등이
반짝이기 시작하는데
혼자서 가는 길이 결국 외롭다면
그건 리얼리즘,
소설보다 신문 기사보다 더 지독한
리얼리즘.

수*

어제는
아래층 폴 할아버지가
수를 당했다.
자주 놀러와 그의 무료를 달래주던
옆집의 귀염둥이 소녀 니콜이
물뿌린 잔디밭에서 놀다 미끄러져
무릎에 조금 상처를 입었기 때문에…….
'쯧쯧 그냥 넘어가도 될 일을…….'
혀를 차고 있는데
오늘은 또 내게 수가 날아들었다.
그가 일으킨 가벼운 자동차 접촉사고,
양해해주고 돌아서면서 인사말로 내뱉은 동양식 어법
'아이 엠 소리'가 화근,
말실수를 빌미 삼아 돈을 울궈낼 심산이다.
그러고 보니 알겠다.
며칠 전 베이커리에 들른 딸 하린이가
젖은 바닥에 미끄러져 넘어졌을 때
왜 웨이터가 그토록 친절하게 굴었는지.
왜 그가 공짜로 파이 한 접시를 주었는지.
새 학기 실라버스**를 짜며

성적 산정 기준을 꼼꼼히 적어넣는다.

① 중간고사 15%, 기말고사 15%

② 리포트 제출 네 번 20%

③ 두 번의 발표 10%

④ 출석 10%

⑤ 예습점검 10%

⑥ 토론 10%

⑦ 오피스 아우어 상담*** 10%

• 기타 기일 내 제출치 않은 리포트는 받지 않음.

　답안지 및 리포트 평가에 대한 이의 신청은 반환 후
일 주일 이내만 허용됨.

　no make up****.

학생들에게

수를 당하지 않기 위해서

정성들여 짜는 새 학기

K. 155 Korean Modern Poem*****의

실라버스.

* 수(sue) : 재판소송.

** 실라버스(Syllabus) : 대학의 강의 요목.
*** 오피스 아우어(office hour) : 정해진 학생 면담 시간.
**** no make up : 정해진 시간표의 시험 이외에 다른 예외는 없는 것.
*****K.155 Korean Modern Poem : 버클리 대학 동아시아어문학과에
설강된 강좌명.

굽이굽이 계곡을 돌면

허망도 하여라.
비경을 좇아 굽이굽이 계곡에 들면
막아서는 캠프장 하나,
선경을 좇아 줄기줄기 능선을 오르면
기다리는 비스타 포인트* 하나,
양파껍질 벗기면 빈 속 나오듯
바베큐나 해먹고 놀고 가란다.
나의 조국 코리아의 비경 끝에는
산신령께 기도 드릴 제단 있는데,
나의 조국 코리아의 선경 끝에는
시를 읊어 걸어놓을 정자 있는데
허망도 하여라.
이 나라의 풍광 좋은 산과 계곡엔
R. V.** 공원만이 들어찼구나.
산신령과 한 몸 이룰 생각은 않고
이동주택 끌고 와서
즐기는구나.

* 비스타 포인트(Vista Point) : 경치를 조감할 수 있는 지점.
** R.V.(Recreational Vehicle) : 야외에서 숙식할 수 있도록 편의시설이
되어 있어 휴가 때 이용되는 자동차 이동주택.

인간의 소리

귀머거리는
귀머거리인 까닭에 큰 소리를 지른다.
천둥같이 사납게 음악을 틀고
도심을 질주하는 자동차의 경적을 들어보아라.
벼락같이 따라붙는 오토바이의 폭음을 들어보아라.
예전에 그리스 신관은
델피 신전 앞을 흐르는 계곡의 물소리에서 조용히
신의 말씀을 듣고
옛 신라 사람들은 대숲을 흔드는 바람 소리에서
임금님의 귀가 당나귀 귀*임을 알았다는데
오늘의 아메리칸은
이제 인간의 소리까지도 듣지를 못하는구나.
하드 록이 터져나오는 맨해튼의 디스코텍에서
얻어맞는 헤드 뱅**,
그는 무엇이 답답해 그의 머리를
깨부수려 하는가.
자연의 소리를 들을 수 있는 신화시대라 하지만
인간의 소리를 들을 수 있는 문명시대라 하지만
이제는 인간의 소리조차 들을 수 없는 시대로구나.
인간의 소리를 듣기 위하여 박살내는

그 인간의 머리.

* 임금님 귀는 당나귀 귀 : 『三國遺事』 卷第二 四十八代 景文大王 편의
이야기. 백성들 중 유일하게 임금님 귀가 당나귀처럼 생겼다는 걸 안 복
두장(㡤頭匠)이 이 비밀을 대숲에 가서 소문내자 이후부터 대숲은 바람
이 불 때마다 이 사실을 널리 외쳐 세상에 알렸다고 함.
** 헤드 뱅 : 머리를 깨부수는 듯한 소음.

오아시스 모텔에서 하룻밤을

라스베가스의
라스베가스 블레바드엔 사하라 호텔이 있고
사라하 호텔 곁에는 오아시스 모텔이 있다.
갈 때 하루 숙박료 52달러가
돌아올 때는 125달러,
토요일이기 때문 —— .
다른 곳을 몇 군데 둘러보고 다시 오니 그 사이
오른 요금 143달러,
5분 지나 밤 9시부터는 160달러이니
빨리 결정하란다.
비싸다며 깎아줄 수 없느냐니까
한마디로 그의 대답
'No!, reasonable.'
한국인이라면 '적당한'이라는 단어를 쓸 곳에
'합리적'이라는 말이 튀어나온다.
적당히 봐주고 적당히 넘기고 적당히 덮어두는
그 '적당'이 아니라
앞뒤를 따져 이치에 맞는 그
'합리'
시간은 금이라는 자본주의의 합리를

오늘따라 왜 잊고 있었던가.
사하라 사막의 오아시스에서는 때론 황금이
물보다 귀치 않다고들 하지만.

* 미국인들은 '적당한 가격'이라는 말을 쓰지 않고 '합리적인 가격'이라
는 말을 쓴다.

트와일라잇 존

사이파이 채널*,
트와일라잇 존**,
독서에 미쳐 근시가 되어버린 한 사내가
도수 높은 안경을 낀 채
폐허를 방황한다.
핵폭탄이 터진 대지는
무섭도록 적막하다.
그가 잠깐 상사의 눈을 피해
지하의 금고 속에서 독서를 즐기던 사이
갑자기 소멸해버린 세계.
살아 있는 것이라곤,
사랑하는 것이라곤.
아무것도 남은 것이 없다
그래도 신의 마지막 긍휼이었을까,
폐허 속을 헤매던 그가 잿더미 속에서 발견한
수만 권의
전에 갖고 싶었던 희귀본 장서,
그는 폭파된 도서관의 서고 앞에서
잠시나마 위안을 얻는다.
그러나 아,

무심도 하여라.
책을 줍기 위하여 엎드리는 순간
'바싹' 땅에 떨어져 깨지는
그의 안경,
오늘은 렌즈알 하나 갈 줄 모르는 내가
도수 높은 안경을 낀 채
C. N. N. 뉴스를 본다.
화면엔
보스니아 헤르체고비나의 상공에
작열하는 미사일의 불꽃들.

* 사이파이 채널(Sci-Fi channel) : 괴기담이나 과학 공상물(science fiction)만을 방영하는 미국의 TV 채널.
** 트와일라잇 존(Twilight Zone) : 지구의 종말을 주제로 한 사이파이 채널의 고정 드라마.

이름도 알 수 없고

이름도 알 수 없고
얼굴도 알 수 없고
목소리조차 들은 적 없는 C는(혹은 B나 M이라도 좋
다.)
어디서 사는 것일까,
보채는 아이의 입에 떡 하나 덥썩 물려주고
뒷방에서 간통을 즐기는 유부녀처럼
그도 어느 밀실에 있는 것일까,
소노라 사막*의 오아시스
레몬 산** 중턱에 암자를 짓고 사는 것일까.
사우산드 아일랜드***의 어느 한 섬을 독차지해
성을 쌓고 사는 것일까.
시끄러운 놈,
입에 드럭 물려 잠재워놓고
불평하는 놈,
티 브이 채널 몇 개 줘 밤낮으로 랩이나 부르게 하고
심심한 놈,
미사일 들려 전쟁게임 즐기게 하고
똑똑한 놈,
로즈 볼 리그에 정신 홀랑 나가게 하고

자기에게 관심만 보이지 않는다면

자기를 알려고만 하지 않는다면

우리의 여생을 보장해주겠다는

소문만의 그,

그는 지금 어디서 무엇을 하고 있는 것일까,

신문에 이름도 나지 않고,

인터넷에 입력된 번호도 없고,

더더구나 티 브이에 나와서 누구처럼

주먹을 흔들지도 않고…….

* 소노라(Sonora) 사막 : 아리조나 주에 있는 사막.
** 레몬 산(Mt. Lemon) : 아리조나 주 투손 시 근교에 있는 산.
*** 사우산드 아일랜드(Thousand island) : 플로리다 반도에 있는 군도.

페스티사이드*
─아메리카 인디언에게

정원이나 공원이나 묘지나
미국의 잔디는 보기에 아름답다.
경계를 나누어
상가와 택지와 오피스 빌딩 사이에 조성한
자연 녹지 보존지역,
스프링 쿨러가 공급하는 수분을
조석으로 빨아먹고
정원사가 제공하는 비료를
밤낮으로 받아먹고
무성한 푸르름을 자랑하지만
너희는 모른다.
너희가 왜 거기 있어야 하는가를,
너희에겐 왜 침묵이 필요한가를,
메뚜기도 개미도 진드기도 더이상
더불어 살 수 없는
간헐적인 살충제 살포,
무덤보다도 더 고요한 그 정적.
경계를 나누어
이쪽을 공원지역이라 한다.
코파 야생동물 보존지역** 곁에 있는

파파고 인디언 보호지역***.

* 페스티사이드(pesticide) : 정기적으로 행하는 살충제 살포.
** 코파 야생동물 보존지역(Kofa National Wildlife Refuge) : 아리조나
주에 있음.
*** 파파고 인디언 보호지역(Papago Indian Reservation) : 코파 야생동
물 보존지역 옆에 있음.

오. 제이. 심슨

더블 머더*의 용의자
그는 아직 살아 있다.
작년 6월 12일
백인인 전 아내와 그의 정부를 죽인 혐의로
법정에 선
인기 정상의 왕년의 풋볼 선수
흑인 오. 제이. 심슨**
심리를 맡은 판사는 동양인이다.
새 남자와 결혼을 하기 위하여
자신의 두 아들을 몰래 물에 빠트려 죽인 가난한 수잔
스미스***는
이미 종신형에 처해졌는데……
그를 아직 살려두고 있는 것은 그가
목숨값을 지불하고 있기 때문이다.
440일의 수명 연장을 위하여 쓴 8백만 불,
아니다. 권태로운 대중의 관심을 따돌릴 수 있기 때문이
다.
흑인과 백인과 황인이 엮는 아메리카 대륙의
흥미진진한 드라마,
아니다. 돈벌이가 되기 때문이다.

거금을 챙긴 출판사, 수십만의 부수를 올린 신문과 주간
지, 밤마다 티 브이 앞에 앉는 2억 6천만의 시청료, 오. 제
이. 심슨 광고산업,
　아니다. 잠재적 영웅의 탄생 때문이다.
　소시민의 권태를 말끔히 쓸어준 저 희비극적 카타르시
스,

　그러나 시간을 지나치게 끌었다.
　자본의 한탕 회전도 막을 내렸다.
　대중은 다시 새 것을 원한다.
　아메리카 대중이 빚을 진
　오. 제이. 심슨,
　돈도 잃고 명예도 잃고 갈 곳도 잃은 그는 이미
　죽은 존재나 다름이 없는데
　돈이 있으면 목숨만은 살려주는
　아메리카의 자비.

* 더블 머더(double murder)
** 오. 제이. 심슨(O. J. Simpson) 사건 : 미식축구의 영웅이자 미국대중
의 우상이었던 흑인 심슨이 지난 94년 6월 12일 그의 이혼한 두번째 처

백인 니콜 부라운과 그의 정부 로날드 골드먼을 살해했다는 혐의로 검찰에 체포되어 법정에 선 사건. 일본계 미국인 이토 랜스 판사가 사건의 심리를 맡았으므로 백인 피해자, 흑인 가해자에 황인 판사가 참여한 형국이 되었다. 그러나 자니 코크란이 이끈 소위 '꿈의 변호인단(Dream team)'이라 불리는 미국 최고 수준의 변호인단이 변호를 맡아 지난 10월 3일 피고인의 혐의를 반전시키고 무죄 판결을 얻어냄. 이 과정에서 심슨은 『나는 말하고 싶다*I want to tell you*』라는 양심고백 수기를 써서 베스트셀러가 되었으며 사회적으로도 센세이션을 일으켰다. 심슨이 지불한 소송비는 약 1천만 불. 변호인단의 하루 수임료만 1만 5천 불이었으므로 심슨의 승소는 돈의 힘이었다는 비판도 있었다. 미국 재판사상 가장 큰 국민적 관심을 끈 사건으로 그 외에 인종차별, 담당형사 마크 퍼먼의 위증과 증거조작 등의 문제가 제기되었고 미국의 사법제도, 특히 배심원제도에 대한 불신이 심화되기도 하였다.
*** 수잔 스미스(Suzan Smith) : 오. 제이. 심슨 사건과 같은 시기에 일어났던 살인사건의 범인.

초록의 공포

브리티시 콜롬비아
부차트 가든*의 잘 자란 진초록 잔디,
사람들은 그 위에서 일광욕을 즐기고
웃통을 벗은 채 낮잠에 들고
독서를 하지만
그들은 초록의 공포를 모른다.
정해준 자리에서 한치라도 위를 넘보면
여지없이 잘리는 머리,
허락된 생활에서 벗어나 한치라도 손을 뻗치면
여지없이 잘리는 또 팔과 다리,

WARNING!
TRESPASSING PROHIBITED
VIOLATOR WILL BE PROSECUTED
　　(경고!
　　무단 출입자는 처벌됨)

WARNING!
NEIGHBORHOOD
CRIME WATCH

（경고!
이웃들이 범죄를 감시하고 있음）

NOTICE!
24 HRS PROTECTED BY BAY ALARM
BURGLARY, FIRE, HOLD-UP
（주의!
도둑, 화재, 노상강도 등
베이 경비회사에서 24시간 지키고 있음）

NOTICE!
AT&T SECURITY SYSTEM
24 HRS MONITORING
（주의!
에이 티 엔 티 보안시스템이
24시간 주시하고 있음）

아메리카의 어디를 가나
잔디는 푸르고 아름답지만 사람들은
초록의 공포를 모른다.

선을 긋고
구역을 나누어
끊임없이 잘리고 깎이는
아메리카의 잔디,
아메리카의 평등.

* 부차트 가든(Butchart Garden) : 캐나다 브리티시 콜롬비아 주에 있는
세계적으로 아름다운 정원, 1904년 로버트 핍 부차트 부부가 만들었음.

노여움 가시면 슬픔이 있듯

　　－Sanfelipe 인디언에게

알브쿼크 지나면
산타페* 있다.
사막의 외딴 섬
서러운 항구
매운 모래바람에 쫓기운 사람들이
어깨와 어깨를 보듬고 사는 곳,
격랑에 떠밀려 온 난파선처럼
산타페에서는
먼 사막을 향해 창문을 내고
저마다의 가슴에 불을 밝힌다.
뭍을 향해 깜빡이는
등대불처럼…….
알브쿼크 지나면
산타페 있다.
캑터스**, 어게비꽃*** 밤에만 피고
별들은 언제나 지상에 뜨는
사막의 외딴 섬
서러운 항구,
노여움 가시면 슬픔이 있듯
알브쿼크 지나면

산타페 있다.

* 알브쿼크(Albuquerque), 산타페(Santa Fe) : 뉴멕시코 주의 사막에 있
는 도시들.
** 캑터스(Cactus) : 선인장의 일종.
*** 어게비(Agave) : 선인장의 일종.

지구는 아름답다

아름답구나,
호수 루이스*.
에메랄드 색깔이라 하지만
어찌 보면 고려의 하늘색 같기도 하고
또 어찌 보면
이육사의 청포도색 같기도 한 너의
눈빛,
살포시 치켜뜬 자작나무 속눈썹 사이로
꿈꾸듯 흰 구름이 어리는구나.
태고의 만년설로 면사포를 해 두른 너 로키는
지구의 정결한 처녀,
내 오랫동안 이를 믿어왔거니
그 청옥빛 눈매가
그 무구한 눈짓이
바로 병색임을 내 오늘 알았노라.
모든 독을 지닌 것은 아름다운 것,
모든 침묵하는 것은 신비로운 것,
산성비에 오염된 호수에서는
아무것도 살지 못한다.
결핵을 앓는 소녀가 아름다워지듯

아마존에서, 킬리만자로에서
폐를 앓는 지구는 더 아름답다.
박명한 미인처럼 아름답다.

* 호수 루이스(Lake Louise) : 캐나다 로키 국립공원 밴프 가까이에 있는
아름다운 호수, 근처 산봉우리의 하얀 만년설과 호수의 특이한 물색이 어
울려 절경을 자아내고 있음. 그 특이한 물 색깔은 산성비의 오염에서 비
롯된 것임.

브루클린* 가는 길

제1의 백인이 걸어가오.
제2의 백인이 걸어가오.
제3의 백인이 걸어가오.
……………………………
……………………………
제13의 백인이 걸어가오.

길은 화려한 데파트먼트 앞 네거리가 적당하오.

제1의 백인이 가슴에 총을 숨겼다 해도 좋소.
제2의 백인이 가슴에 총을 숨겼다 해도 좋소.
제3의 백인이 가슴에 총을 숨겼다 해도 좋소.
…………………………………………………
…………………………………………………
제13의 백인이 가슴에 총을 숨겼다 해도 좋소.

총은 21구경 리벌버 6연발 피스톨이오.

제1의 흑인이 걸어가오.
제2의 흑인이 걸어가오.

제3의 흑인이 걸어가오.
……………………………
……………………………
제13의 흑인이 걸어가오.

길은 한적한 은행 빌딩 모퉁이가 적당하오.

제1의 흑인이 가슴에 총을 숨겼다 해도 좋소.
제2의 흑인이 가슴에 총을 숨겼다 해도 좋소.
제3의 흑인이 가슴에 총을 숨겼다 해도 좋소.
……………………………………………
……………………………………………
제13의 흑인이 가슴에 총을 숨겼다 해도 좋소.

그들은 모두 무서워하는 사람과 무서운 사람들뿐이오.

제1의 백인이 '하이' 하고 웃소.
제2의 백인이 '하이' 하고 웃소.
제3의 백인이 '하이' 하고 웃소.
……………………………………

∙∙

제13의 백인이 '하이' 하고 웃소.

제1의 흑인이 '하이' 하고 웃소.
제2의 흑인이 '하이' 하고 웃소.
제3의 흑인이 '하이' 하고 웃소.
∙∙

∙∙

제13의 흑인이 '하이' 하고 웃소.

그들은 그렇게 무서우니까 웃는 사람과 무서워서 웃는
사람들뿐이오.

'하이' 하고 제1의 황인이 걸어가오.

* 브루클린(Brooklyn) : 뉴욕의 한 지명.

한니발*에서

표표히 흐르는 저것이
구름이더냐, 강물이더냐.
나 오늘 한니발에서
장강 미시시피를 바라보노니
회명한 천지 아득한 노을에 비껴
목숨의 덧없음에 울고 싶구나.
끝간 데 모를 막막함이여,
땅과 하늘의 하나됨이여,
먼 이역의 하늘에서는 병과(兵戈)소리 그치지 않고
가까이 따에서는 가무소리 흥청대느니
창생의 낳고 죽음이 또한
이같지 않으리.
고국의 병든 아내에게서는
일편 소식이 없는데
나 오늘 한니발에서
홀로 저녁 노을을 비껴 날으는 한 마리
쓸쓸한 매가 되고 싶구나.

* 한니발(Hannibal) : 미주리 주 미시시피 강변에 있는 작은 도시, 마크
트웨인의 고향, 『톰소여의 모험』의 배경.

텔레그라프*

비정상이 정상으로 통하는 현실에 거역해서
실재를 지시하지 못하는 언어에 절망해서
그들은 이곳으로 모인다.
미합중국 캘리포니아 주 버클리 시 텔레그라프 애비뉴,
지상의 전화국은 없지만
하늘에다 대고 전보를 치고
하늘에다 대고 전화를 걸고
또 하늘에다 대고 편지를 쓰는
히피, 호모, 알코홀릭, 나르코틱, 홈리스……
의 거리
텔레그라프,
그들은 오늘도 흐린 동공을 우러러
하늘에서 올 답신을 기다린다.
광기와
혼돈과
무위(無爲)로 이룩된 천국의
입국 비자를,
논리의 지배를 깨뜨리기 위하여
동성끼리 연애를 하고
이성(理性)의 폭력을 거부하기 위하여

마약을 상용하고
제도의 압제를 벗어나기 위하여
집을 뛰쳐나오고.

* 텔레그라프(Telegraph) : '전화국'이라는 뜻의 이 거리는 버클리 시 버
클리 대학 정문으로 관통하는 대학가인데 60년대 비트 제너레이션과 히
피들의 생활공간이었다. 지금도 그러한 전통으로 인해 미 전역의 히피들
이 모여들고 있다.

허스트 캐슬*

장원의
농노 위에 군림하는 중세의 영주처럼
원 없이 살았구나.
태평양이 바라보이는 주니페로 세라** 산록,
산 시메온*** 해안가 산봉우리에
우뚝 솟은 백악의
궁전,
수백만 에이커의 초원에는 사슴들이
뛰놀고
베치꽃**** 흐드러지게 피고
살찐 젖소 울음도 나른했거니
벼랑 아래 떨어지는 태평양의 찬란한 일몰을 바라보며
그대 무엇을 생각했느냐.
돈은 칼, 주식은 갑옷, 주주는 기사, 소비자는 농노, 경영
은 전쟁,
그 전쟁으로 빼앗은 영지에 거대한 성을 쌓고
비행기를 타고 날아온 그대의 기사들과 함께
나파의 포도주로 승리를
자축했구나.
중세를 꿈꾸는 자본가여,

여기 오면 알겠다.

왜 그대들은 끝없이 물질에

탐욕하는가를.

* 허스트 캐슬(Hearst Castle) : 미국의 신문왕 허스트가 건축한, 성처럼 거대하고 화려한 저택. 캘리포니아 남부 태평양 연안의 언덕에 있으며 지금은 관광지로 개방되어 있음.
** 주니페로 세라(Junipero Serra) : 산 시메온 비치 동북쪽에 있는 산.
*** 산 시메온(San Simeon) : LA와 샌프란시스코의 중간에 있는 태평양 연안의 아름다운 비치.
**** 베치(Vetch)꽃 : 사막성 초원에 피는 들꽃.

애본*에서

셰익스피어의 고향
스트래트 포드에 있는 시내가
여기에도 있구나.
몬타나 주 푸른 초원에 졸졸 흐르는 맑은 개울
애본,
집 서너 채
별 볼 것이 없지만,
개척시대 청교도가 세운 낡은 교회 하나가 있지만
낮에는 들의 수선화가 아름답고
밤에는 은하수가 더 맑게 빛나는
애본,
그 애본 강가 애본 마을 애본 모텔에서
오늘은
시속 70마일의 속도를 멈춘다.
어디 가는 길인지요?
별들이 너무 아름답군요.
텁석부리 40대 초반의 주인은
하버드대 영문학 석사,
일찍이 문학을 버리고 현실을 버리고 인간마저 버려
꽃과 별과 새들과 함께 산다.

해는 왜 뜨는지, 별은 왜 반짝이는지,
꽃은 왜 피는지는
세상이 그의 몫으로 남겨놓은 숙제,
버너로 갓 끓인 찌개에 소주잔을 함께 나누며
애본에서 보는 별은 더 맑아 더
슬프다.
내일은 또 어디로 갈 것인가.
셰익스피어의 고향 애본을 떠나서
다시 달려야 할 시속
70마일의
삶.

* 애본(Avon) : 몬타나 주에 있는 작은 마을, 영국의 셰익스피어 고향에
도 동명의 강이 흐르고 있음.

항구 난트켓*

난트켓은 항구다.
추억에 산다.
예전처럼
떡 벌어진 어깨에 불거진 근육의 사내들도 없고,
그 사내들이 내지르는 휘파람 소리도 없고,
그 휘파람 소리에 들떠
머리에 석류꽃 꽂고 모여들던
처녀들도 없다.
난트켓은 항구다.
바람은 지금도 대서양 쪽에서 불어오고,
조류는 여전히 카리브 해로 흐르고
황금빛 너울은 수평선 너머 멀리
가물가물 손짓하지만
이제 아무도 바다에 나가지 않는다.
한때 고래의 심장을 겨누던
은빛 작살과
힘의 긴장으로 반동하던 밧줄의 치차는
박물관 전시대에서 녹슬 뿐인데
난트켓은 항구다.
폐선이 되어 선창가에 묶인 배,

그 포경선의 갑판에는 이제 사내들이 음식을 나르고
처녀들은 술을 판다.
고래가 사라진 난트켓은
에이허브도, 이스마엘**도 없는
목포처럼 그저 항구다.
추억에 산다.

* 난트켓(Nantucket) : 매사추세츠 주의 대서양 연안에 떠 있는 섬, 그리
고 그 섬에 있는 동명의 항구. 19세기 미국의 고래잡이 기지로 유명했다.
허만 멜빌의 『모비 딕』의 배경이 됨.
** 에이허브, 이스마엘 : 『모비 딕』의 인물들.

블루스

마음이 슬플 때는 가세요. 남쪽 나라,
애쉬빌 지나 내쉬빌* 지나
미시시피 강가의 작은 마을
클락스데일**로 가세요.
거기 가면 아무 데나 이발소 찾아
귀밑머리 가지런히 다듬으세요.
이발사 아가씨의 검은 눈 속을
말없이 말없이 들여다보면
그 슬픔 소리 없이 빨려가리다.
마음이 아플 때는 두 눈을 감고
이발사 아가씨의 기타 소리에
고즈넉이 낮잠을 청해보세요.
그 아픔 소리 없이 쏠려가리다.
그리고 살며시 눈을 뜨시면
코끝엔
아련한 오렌지 향기,
눈썹엔 파랗게 젖은 강바람,
귓불엔 애잔한 블루스 리듬,
당신은 아시나요. 저 남쪽 나라를
유도화, 올리브꽃 향그롭게 핀

미시시피 강가의 작은 마을
애쉬빌 지나 내쉬빌 지나
블루스의 슬픔 어린
흑인의 땅.

* 애쉬빌(Ashiville), 내쉬빌(Nashiville) : 각각 노스 캐롤라이나, 테네시 주에 있는 도시.
** 클락스데일(Clarksdale) : 미시시피 주 미시시피 강가에 있는 작은 읍. 미국 블루스 음악의 발생지. 가수 냇 킹 콜의 고향. 이곳의 이발소들은 항상 악기를 준비해놓고 손님이 이발을 하는 동안 이발사 자신이 기타 등의 반주에 맞춰 블루스 음악을 선사함. 윌리엄 포크너의 고향 옥스포드도 지척에 있음.

투손*에서

너를 보러 여기 왔다.
캑터스 스콰루**,
알투라스***, 아마고사****, 알라모*****, 아무 데도 없
더니
너, 여기에 있구나.
어느 인디언의 피를 받은 종족이기에 너는
침묵의 절규를
마른 모래 위에 뿌렸다더냐.
푸른 하늘이 서러워 온몸에
가시를 세우고
제 스스로 몸을 찔러 피를 흘리는
회한의 상채기,
밝은 대낮이 노여워서
밤에만 꽃을 피우는구나.
달밤이다.
우리 춤을 추자.
벌새, 휘파람새, 되새와 함께 어울려
슬픔에 취해 미움에 취해
방울뱀 좇아서 빙글 돌면
아, 어지러운 하늘이여, 땅이여,

너를 보러 여기 왔다.

캑터스 스과루

험난한 모하브****** 사막을 지나서,

네바다 사막을 넘어서,

* 투손(Tucson) : 아리조나 주 남부에 있는 사막의 도시. 캑터스 스과루 국립공원이 있다. 토호노 오담 인디언들의 고향.

** 캑터스 스과루(Cactus Saguaro) : 지역적으로 미국 아리조나 주 페닉스의 남쪽에서만 자라는 삼지창 같은 거대한 선인장.

*** 알투라스(Alturas) : 캘리포니아의 구스(Goose) 호수가에 있는 초원.

**** 아마고사(Armagosa) : 네바다에 있는 사막.

***** 알라모(Alamo) : 캘리포니아 디아블로 산(Mt. Diablo) 근처에 있는 마을.

****** 모하브(Mojave) : 캘리포니아, 네바다, 아리조나 주에 걸쳐 있는 사막.

쇠붙이의 덧없는 종말을

버려진 땅이라지만
흙이 어찌 금보다 귀치 않으리.
제롬*에 가면 알리라.
사막에 솟아오른 불모의 바위산
밍거스, 그러나
그 벼랑에 버려진 흙더미에서는
종려나무, 푸른 그늘을 드리우고
마리포사, 유카**꽃도 흐드러지게
피느니
인간의 탐욕은 금을 찾아서
암반에 실없이 허공을 내지만
메꾸어진 흙은 가슴으로
생명을 받는다.
녹슬은 레일, 무너진 갱도,
제롬에 가면 알리라.
쇠붙이의 덧없는 종말을,
시간은 금이 아니고
흙이라는 것을.

* 제롬(Jerome) : 아리조나 사막지대의 암산(岩山) 밍거스(Mingus 7743ft.) 산록의 벼랑에 건설된 금광산촌. 서부의 골드 러시 때 금이 발견되어 소위 엘도라도의 하나로 알려진 곳. 그러나 지금은 폐광이 되어 골드 러시의 향수를 재현한 관광촌으로 변모되었음.

** 마리포사(Mariposa), 유카(Yucca) : 사막에서만 피는 아름다운 꽃들.

유레카*에서

－Korean American에게

제 고향 같구나.
삭막한 모래땅에서도 뿌리를 튼튼히 내린
유칼립터스**,
먼 뱃길로 대양을 건너
캘리포니아에 상륙한 이국종 나무,
유레카에는 유칼립터스가 유난히 많다.
언뜻 보면
한 맺힌 여자의 산발한 머리채 같고
언뜻 보면
등짐 진 사내의 휘청거리는 허리 같지만
기특하여라.
뿌리만은 항상 튼튼하구나.
대륙의 한 끝 태평양의 벼랑에서
삶은 또 어찌
이와 같지 않을 수 있으리.
어찌 스스로 몸을
바람에 맡겨 흐느적거리지 않을 수 있으리.
유레카의 목재소에서는 오늘도
톱날 켜는 소리가 요란하지만
제 고향 같구나. 유칼립터스,

유레카에는 유칼립터스가 유난히 많다.

* 유레카(Eureka) : 북캘리포니아 태평양 연안에 있는 작은 도시. 레드
우드(Red Wood) 국립공원 등 근처의 풍부한 산림자원으로 인해 목재를
가공하는 제재업이 발달하였음.
** 유칼립터스(Eucalyptus) : 우리나라에 유카리 나무로 이름이 잘못 소
개된 호주 원산의 큰 상록수. 미국 개척시대에 산림자원을 남벌하면서 생
긴 공지에 성장속도가 빠른 이 나무를 호주로부터 이식하였는데 오늘날
에는 캘리포니아 전역과 멕시코에서 토종 산림 이상으로 번식을 자랑하
고 있음.

애쉴랜드*에서

아, 깜깜하구나,
불을 켜라,
시종에게 고함을 지르는 클로디어스.
둘러보면 세상은
밝기만 한데
낮도 기운 오후 두시 반인데
클로디어스에겐 그것이 밤이었구나.
지붕이 없는 애쉴랜드의 셰익스피어 극장에 앉아
연극 〈햄릿〉을 본다.
극중의 극을 본다.
시종은 객석에 촛불을 켜고
햄릿은 회심의 미소를 짓고 있지만
나의 무릎엔 10월의 햇살이 싸늘하다.
아, 이 세계는 진정 밤인가, 낮인가.
나는 관객인가 배우인가.
클로디어스여, 이제 왕관을 벗어라.
네가 믿었던 밤이 밤이 아니듯이
왕관에 박힌 보석은
별이 아니다.
아, 깜깜하구나 불을 켜라.

외치는 그의 무대는 밤이지만
객석엔
'팔랑'
10월의 햇빛에 떨어지는
애쉴랜드의
오크 트리 잎새.

* 애쉴랜드(Ashland) : 오리건 주 남쪽 캘리포니아 주와의 접경지역에
있는 소도시, 셰익스피어 전용 극장이 있고 매년 9, 10월에는 전 세계적
인 셰익스피어 페스티벌이 열리는 것으로 유명함.
* 이 시는 〈햄릿〉 3막 2장에 나오는 에피소드를 전제로 해서 쓴 것이다.

아마나*에서

고집쟁이 영감님 애미쉬**,
수염은 절대 깎지 않고
자동차나 비행기는 절대 타지 않고
전깃불은 절대 켜지 않고
까만 모자에
까만 코트에
까만 말이 끄는 마차는 절대 타고.
고집쟁이 영감님 애미쉬,
햄버거는 절대 먹지 않고
티 브이나 라디오는 절대 보지도 듣지도 않고
컴퓨터는 절대 갖지 않고
하얀 집에
하얀 식탁에
하얀 우유는 절대 마시고.
그의 채소밭에서 자란 홍당무는
유난히 굵다.
그의 까만 말이 쟁기로 갈아엎는
문명.
그의 밭에는
햇빛과 바람과 샘물이 있을 뿐이다.

수염은 절대 깎지 않고
자동차, 비행기는 절대 타지 않고
전깃불은 절대 켜지 않고
까만 모자에
까만 코트에
까만 말이 끄는 마차는 절대 타고
고집쟁이 영감님 애미쉬.

* 아마나(Amana) : 아이오아 주에 있는 소읍, 애미쉬들이 집단으로 거주
하며 특이한 생활 양식으로 살고 있음.
** 애미쉬(Armish) : 개척 시대 독일에서 이민을 와 한 특정한 기독교 종
파를 믿는 사람들로 문명을 철저히 거부하며 자연으로 되돌아가고자 한
다.

프렌치 쿼터*

뉴올리언스의 프렌치 쿼터,
카페 엘파소에 앉아
조지 거슈인 쿨 째즈,
〈파리의 아메리카인〉을 듣는다.
샹제리제를 두리번거리는
시골뜨기 뉴요커를
트럼펫은 째진 목소리로 부르지만
여기는 남부 루이지에나, 목화의 집산지,
흑인이 노예로 팔려오던 곳
스탠드에 기대어
미친 듯이 두드리는 흑인 악사의
피아노 소리를 듣는다.
째즈는 왜 쓰다듬지 않고 두드리는가.
흑인의 슬픔이 블루스라면
그의 분노는 째즈,
좌절의 음악
랩이 언어를 파괴하는 시대에
뉴올리언스 프렌치 쿼터,
카페 엘파소에 앉아
조지 거슈인의 쿨 째즈,

〈파리의 아메리카인〉을 듣는다.

* 프렌치 쿼터(French Quarter) : 뉴올리언스에 있는 한 지명, 18세기 이
곳을 개척하여 도시를 건설했던 프랑스인들이 살았던 곳으로 옛모습 그
대로 보존되어 있으며 특히 카페의 째즈 음악이 유명함. 째즈의 발상지.

나파*의 와인은 쓰다고 하더라

태평양이 보이는 미 대륙의 끝
나파의 가을은
술 익는 계절,
집집마다 오크통 속에서는
은은한 술향기가 배어 나온다.
해안에 상륙해서는 생존을 위해
맨 먼저 밀을 뿌리고
중부로 건너가선 서부로 달릴 말을 위해 콘을 심었거니
이제 마지막으로 대륙을 정복하고선
보르뉴 원산, 유럽의
포도나무를 심었구나.
나파의 와인은 쓰다고 하더라.
인디언의 피가 짙게 배인 아메리카산의 포도인데
어찌 그렇지 않을 수 있으랴.
화약 연기를 거두고
손에 적신 피를 씻고
하얀 상보의 식탁에 마주 앉아 드는
한 글라스의 와인,
밖에는 잎 진 포도밭의 나뭇가지들이 앙상한데
만족과 허망의 이 풀 수 없는 아이러니를

쓸쓸한 입맛으로 감추는
나파의
아메리카산 백포도주 한 잔.

* 나파(Napa) : 샌프란시스코 동북쪽에 있는 지역으로 세계적인 포도 산
지이자 포도주의 산지.

크레슨트 시티*
—Hoopa 인디언에게 한국 시인이 들려준 설화

예도 옛적 그 옛적 먼 옛적에
해 뜨는 동쪽 끝 바닷가에는
예쁘고 착한 백성 살았답니다.
그 적엔 하늘에 달이 없어서
햇님만을 섬기며 살았답니다.
그러나 어두운 밤이 싫어서
하루 한 번 꼭 오는 밤이 싫어서
용감하고 힘센 청년 하나가
햇님의 우물에서 두레박 훔쳐
바다 건너 동쪽으로 떠났답니다.
두레박 배를 타고 떠났답니다.
그러나 이 일을 어찌할까요.
보아서는 안 될 것을 보아버린걸.
햇님의 침실에 든 달 보아버린걸.
달님은 하도나 부끄러워서
그길로 하늘 멀리 달아났고요,
노한 햇님은 매를 보내어
두레박을 하늘로 건져 올려서
그 청년 다시는 바다를 건너
고향에 못 가도록 하였답니다.

그 후부터 밤하늘엔 달님이 떠서
온 세상을 화안하게 비췄답니다.
지금도 한 해 한 번 7월 초사흘,
달님이 두레박 물을 긷는 날,
크레슨트 앞 바다에 조각달 뜨면
조각배 떠가듯 초승달 뜨면
하늘에 견우 직녀 상봉 있듯이
수면엔 코리아가 비친답니다.
바다 건너 코리아가 보인답니다.
멀고 먼 옛날 그 옛날부터
아메리카 서쪽 끝 태평양가엔
그 청년의 후예가 살았답니다.
코리아의 한 부족이 살았답니다.

* 크레슨트 시티(Crescent City) : '초승달'이라는 뜻을 지닌 이 아름다
운 작은 항구는 태평양 연안 캘리포니아 주의 최북단에 있으며 근처엔
후파 인디언들이 오랫동안 살아왔음.

본느 빌*에서

북극의 빙원에는 에델바이스가 피고
사막에서도 세나꽃**이 피거늘
본느 빌, 그 끝없는 소금밭에서는
한 점 살아 있는 것이 없구나.
누가 열사의 모래밭에 모래를 내려 거기다가 다시
소금까지 뿌렸나.
하얀 얼음으로 굳어버린 햇빛의 나라,
거기에는 오직
절대의 침묵만이 있을 뿐이다.
본느 빌은 신이 비워둔 캔버스,
그는 언제 햇빛을 녹여 여기에
그림을 그릴 것인가.
흔히 빛과 소금이라고 말들 하지만
물이 없는 소금은 소금이 아니다.
어둠이 없는 빛이
빛이 아니듯,

* 본느 빌(Bonne Ville) : 유타 주 북부 네바다 주 접경에 있는 한 지명,
사막에 하얀 소금이 눈처럼 끝없이 덮여 있음.
** 세나(Senna)꽃 : 사막에 피는 들꽃들 중의 하나.

라스베가스로

가자. 보물섬으로
콘크리트 정글이 무성하고
네온의 꽃들이 현란하게 피어 있는
그곳은
황금이 묻혀 있는 땅,
오아시스의 생수, 한 잔의 불타는
물로 목을 축이고
사막의 섬, 라스베가스로 가자.
일찍이 우리는 황금을 찾아서 여기 오지 않았던가.
황금을 찾아서 서부로 서부로
달려오지 않았던가.
그러나 지금 우리는
개 목의 꼬리표 같은
한 장의 플라스틱 카드를 얻었을 뿐이다.
개표를 버리고
울을 뛰쳐나와
시들 수 없는 아메리카의 꿈,
가자, 보물섬으로
한 장의 지폐로 지도를 삼아
네바다 사막에 뜬 한 점 섬
라스베가스로 가자.

아메리카에서 보는 아메리카

장경렬(서울대 영문과 교수)

　대상을 관찰하고 판단하는 일에는 여러 가지 요인이 작용하나, 무엇보다도 대상과 관찰자 사이의 거리가 문제될 수 있다. 주지하는 바와 같이 대상과 지나치게 가깝거나 멀 때에는 관찰과 판단이 불가능하다. 따라서 대상과의 적정 거리 유지는 모든 관찰과 판단에 필수 조건이 된다. 외국을 여행하거나 그곳에 체류하면서 관찰하고 느낀 바를 기록한 글들이 나름의 설득력을 갖는 이유는 이와 같은 적정 거리 유지가 가능하다는 데에서 기인한다. 이와 관련하여 새롭고 신기한 이국 풍물은 관찰자에게 그곳 사람들이 느끼지 못하는 거리감을 갖게 하나 이와 동시에 무한한 호기심을 자극하여 그 거리를 좁히도록 한다는 점에 유의하기 바란다. 다시 말해, 낯섦과 호기심이 원심력과 구심력으로 작용하는 가운데 대상과 관찰자 사이에는 적정 거리 유지가 가능하게 되고, 이로 인해 관찰자의 관찰과 판단은 독특한 의미와 무게를 갖게 되는 것이다. 한국인이라는 이방인의 눈에 비친 미국 문화에 대한 관찰과 판단을 담고 있는 오세영 시인의 『아메리카 시편』도 예외는 아니다. 미국에 체류하면서 보고 느낀 바를 시화(詩化)한 그의 미국 체험에서 우리는 미국인이라면 결코 쉽게 의식할 수 없는 미국 문화의 특성을 일별하게 된다.

그러나 시인의 시선은 결코 미국인과 미국 문화만을 향한 것은 아니다. 그의 시선은 또한 나, 우리, 한국을 향한 것이기도 하다. 그 점을 우리는 "미국에서 미국이 아니라 한국을 보았기 때문"(『현대시학』 95년 10월호, '아메리카 시편 연재를 시작하며'에서)에 『아메리카 시편』을 쓰게 되었다는 시인의 말에서도 일별할 수 있다. 문제는 "미국에서 미국이 아니라 한국을 보았"다는 시인의 말이 담고 있는 함의는 무엇인가에 있다. 따지고 보면, 미국 문화란 우리에게 결코 낯설거나 새로운 것이 아니다. 우리의 일상 생활 전반을 주의깊게 들여다보면 거기에는 작든 크든 미국 문화의 영향이 스며들어 있음을 확인할 수 있지 않은가. 우리는 다만 너무도 깊숙이 미국 문화의 영향이 우리의 생활에 침투해 있기 때문에 그 실체를 의식하지 못한 채 살아가고 있을 뿐이다. 우리에게 미국 문화에 대한 관찰과 판단이 쉽지 않음은 바로 이 때문이다. 즉, 미국 문화에 대해 모르기 때문이 아니라 우리 자신이 너무도 깊숙이 미국 문화에 젖어 있어 거리감을 상실했기 때문인 것이다. 한국을 떠나 미국에 체류하면서 시인은 비로소 그와 같은 우리의 모습을 일정한 거리에서 바라볼 수 있게 되었던 것이고, 이로 인해 그는 "미국에서 미국이 아니라 한국을 보았"다는 역설적 진술을 하지 않을 수 없었던 것이리라. 오세영 시인의 『아메리카 시편』을 "비록 소재를 미국에서 얻었다 하나 기실 한국에 관한, 혹은 앞으로 한국에 관하게 될 내 나름의 성찰을 기록한 것"('아메리카 시편 연재를 시작하며'에서)으로도 읽어야 하는 이유는 여기에 있다. 아니, 한 걸음 더 나아가서, 『아메리카 시편』은 미국과 한국이라는 경계를 뛰어넘어 존재하는 우리 시대에 문명에 대한 기록이기도 하다. 시인이 굳이 "미국"이란 단어보다 "아메리카"라는 단어를 사용하고 있는 이유는 여기에 있을 것이다. 이와 관련하여 우리는 "이 시의 '아메리카'는 좁은 의미의 미국만이 아니라 넓게는 우리 시대의 문명을 가리키는 단어이기도 하다"('아메리카 시편 연재를 시작하며'에서)는 시인의 말에 유념할 필요가 있다.

요컨대, 『아메리카 시편』은 미국 문화에 대한 이방인의 관찰과 판단뿐만 아니라 미국 문화의 영향에 대한 자기 반성과 성찰도 담고 있다. 『아메리카 시편』이 미국 문화의 일면만을 이야기하는 것처럼 비쳐지는 부분이 있다면, 이는 바로 우리에게 강요된 일면적인 미국 문화에 대한 비편을 담고 있기 때문일 것이다. 아마도 그 예가 되는 것이 「햄버거를 먹으며」일 것이다.

한 상 가득 차려놓고
이것저것 골라 자신이 만들어 먹는 음식,

그러나 나는 지금

햄과 치즈와 토막난 토마토와 빵과 방부제가 일률적으로 배

합된

아메리카의 사료를 먹고 있다.

재료를 넣고 뺄 수도,

젓가락을 댈 수도,

마음대로 선택할 수도 없이

맨손으로 한 입 덥썩 물어야 하는 저

음식의 독재,

자본의 길들이기.

자유는 아득한 기억의 입맛으로만

남아 있을 뿐이다.

—「햄버거를 먹으며」중에서

미국의 음식 문화를 대표하는 것이 아마도 햄버거일 것이고, 그 중에서도 맥도널드 햄버거와 같이 "햄과 치즈와 토막난 토마토와 빵과 방부제가 일률적으로 배합된" 햄버거가 특히 유명하다. 그러나 미국의 햄버거가 모두 맥도널드 식의 햄버거는 아니다. 주문에 따라 또는 식성에 따라 재료를 배합하여 햄버거를 만들어 먹을 수 있는 식당도 적지 않다. 그럼에도 불구하고 맥도널드 식의 정량 배합 햄버거만을 시인이 시의 소재로 삼고 있는 이유는 무엇일까. 여러 가지 이유가 있을 수 있겠지만, 우리는 무엇보다도 그와 같은 햄버거가 미국의 음식을 대표하여 미국뿐만 아니라 전세계를 휩쓸고 있다는 점을

문제삼아야 할 것이다. 심지어 시인조차도 햄버거에 대한 이와 같은 선입 관념에서 벗어나지 못하고 있는 것이다. 결국 그의 의식을 지배하는 햄버거는 예외없이 맥도널드 식이고, 우리는 이런 맥락에서 "아메리카의 사료" 또는 "음식의 독재"라는 시인의 표현을 이해해야 할 것이다. 물론 시의 배경은 미국의 어느 식당일 것이고, 따라서 이는 일차적으로 미국 내에서 느끼는 미국 문화에 대한 비판의 시로 읽어야 한다. 그러나 이와 같은 종류의 햄버거를 "맨손으로 한 입 덥썩 물어야 하는" 것 이외에는 달리 선택의 여지를 주지 않는 것이 우리에게 강요된 미국의 음식 문화라는 점에서, 이 시는 보다 더 심각한 문화 제국주의에 대한 비판의 시로도 읽힐 수 있는 것이다. "자본의 길들이기"로 인해 "자유는 아득한 기억의 입맛으로만 / 남아 있을 뿐"이라는 판단은 미국인의 몫이 아니라 미국의 음식을 강요받는 한국인인 시인의 몫이기 때문이다.

『아메리카 시편』에서 압권을 이루는 부분은 무엇보다도 미국 문화의 양면성을 날카롭게 파헤치는 시들이다. 그 예를 우리는 곳곳에서 확인할 수 있는데, 무엇보다도 「메이 아이 헬프 유?」에 주목하지 않을 수 없다.

무엇을 도와드릴까요?라는 뜻이
아니다.
메이 아이 헬프 유?
그것은
무엇하러 왔느냐는 질문,

용무가 없으면 나가라는 명령이다.
비벌리 힐스,
그 재스민 향기에 취해 언덕길을 오르는데
불쑥 나타난 백인 하나,
‘메이 아이 헬프 유?’

―「메이 아이 헬프 유?」중에서

미국에서 생활해본 경험이 있는 사람들이라면 아마도 “메이 아이 헬프 유?”라는 말을 수없이 들었을 것이다. 경우에 따라서는 말 그대로 “무엇을 도와드릴까요?”의 뜻을 갖지만, 이 말은 시인의 표현대로 “무엇하러 왔느냐” 또는 “용무가 없으면 나가”의 뜻으로 해석될 수도 있다. 미국의 어느 사회학자는 낯선 사람을 향한 미국인의 미소 뒤에는 총격전이 잦았던 서부 개척 시대의 대인 경계심과 자기 보호 본능이 무의식의 형태로 살아남은 결과라고 말한 적이 있는데, 시인의 관찰은 이와 무관하지 않다. 말하자면, “메이 아이 헬프 유?”는 낯선 사람에 대한 경계심과 자기 보호 본능을 언어적으로 숨기고 있는 예에 해당한다. (상대방에게 유감이 있다는 표시로 미국인들은 “땡큐”라는 표현을 사용하기도 하는데, 이 역시 비슷한 맥락에서 이해할 수 있을 것이다.) 시인은 「프렌드」라는 시에서 “총이 있으므로 / 매번 양보하고 매번 조심해야 하는 / 그 젠틀맨쉽”을 이야기하면서 미국인의 이와 같은 경계심과 자기 보호 본능을 또 한번 문제삼는데, “원자탄을 가지고 있어 / 싸우지 않고 살아가는 미국인과 소련인의 관계처럼 / 아메

리카에서는 항상 / 상대에게 호감을 표하고 또 그것을 확인해
야 한다"고 말할 때 우리는 미국 문화의 양면성과 이중성을
꿰뚫어보고 있는 시인과 만나게 된다.

　미국인의 언어 생활이나 의식에 대한 시인의 관심은 「오아
시스 모텔에서 하룻밤을」이나 「직선은 곡선보다 아름답다」
와 같은 시에서도 확인되는데, 먼저 전자의 시를 살펴보기로
하자.

　　　다른 곳을 몇 군데 둘러보고 다시 오니 그 사이
　　　오른 요금 143달러,
　　　5분 지나 밤 9시부터는 160달러이니
　　　빨리 결정하란다.
　　　비싸다며 깎아줄 수 없느냐니까
　　　한마디로 그의 대답
　　　'No!, reasonable.'
　　　한국인이라면 '적당한'이라는 단어를 쓸 곳에
　　　'합리적'이라는 말이 튀어나온다.
　　　적당히 봐주고 적당히 넘기고 적당히 덮어두는
　　　그 '적당'이 아니라
　　　앞뒤를 따져 이치에 맞는 그
　　　'합리'
　　　시간은 금이라는 자본주의의 합리를
　　　오늘따라 왜 잊고 있었던가.
　　　　　　　　　─「오아시스 모텔에서 하룻밤을」 중에서

여행 도중 여관에 머물기 위해 숙박비를 흥정하면서 느낀 바를 기록하고 있는 이 시는 미국인들이 가격을 흥정할 때 사용하는 'reasonable'이라는 말에 대한 시인의 소감을 담고 있다. 즉, 여느 사람들 같으면 주의를 기울이지 않을 한마디의 말을 시인은 시적 소재로 삼고 있는데, 'reasonable'이라는 말에서 시인은 "앞뒤를 따져 이치에 맞"추려 하는 미국인의 합리적 성향을, "시간은 금이라는 자본주의의 합리"를 일별하고 있는 것이다. 사실 이와 같은 한마디의 말에서 "합리"를 일별하는 시인은 이미 "적당히 봐주고 적당히 넘기고 적당히 덮어두는" 한국인이 아니다. 그 자신이 이미 미국 문화에 대해 미국식으로 분석하고 있는 것이다. 그러나 "오늘따라 왜 잊고 있었던가"라는 반문이 암시하듯이 그는 또한 여전히 한국인이다.

미국식의 분석에도 불구하고 시인은 여전히 한국인이기에 "직선은 곡선보다 더/아름다운가"라는 반문을 던질 수 있는 것이 아닐까. 그는 문서 기록란에 "긍정의 표시"를 할 때 동그라미(○)표가 아닌 가위(×)표를 사용하는 미국인의 습관에 주목하면서 「직선은 곡선보다 아름답다」라는 시에서 다음과 같은 생각에 잠긴다.

돌아가면 가는 길도 오는 길인데
지구는 둥근 원인데
한사코 직선을 고집하는

그들의 길

직선으로 배열된 바둑판 거리,

직선으로 쭉 뻗은 프리웨이,

직선으로 금을 그은 국경선,

직선으로 조합된 성조기,

인간은 때로

멀리 돌아가는 것이 더

아름다운 법인데

곡선보다 직선을 추구하는

아메리카의 길

아메리카의

삶.

—「직선은 곡선보다 아름답다」 중에서

가위표 하나에서 "직선으로 배열된 바둑판 거리," "직선으로 쭉 뻗은 프리웨이," "직선으로 금을 그은 국경선," "직선으로 조합된 성조기"를 읽어내는 시인의 상상력은 놀라운 것이다. 그러나 더 놀라운 것은 가위표 하나에서 "곡선보다 직선을 추구하는/아메리카의 길/아메리카의/삶"을 읽어내는 시인의 관찰력이다. 사실 솔직성과 효율성을 무엇보다도 미덕으로 삼고 있다는 점에서 미국인만큼 직선적 의식 구조를 중시하는 국민은 드물 것이다. 그리고 많은 사람들이 그와 같은 직선적 의식 구조가 오늘날의 미국을 이룩했다고 말하면서 이를 하나의 미덕으로 생각한다. 그러나 "인간은 때

로/멀리 돌아가는 것이 더/아름다운 법인데"라는 구절에서
확인할 수 있듯이 직선적 의식은 융통성을 결여하기 쉽다는
점에서 반드시 바람직한 것만은 아니라는 것이 시인의 판단
이다.

　미국 문화에 대한 비판적 시각은 「아이스 워터」에서도 선
명하게 드러나는데, 이 시에서 시인은 얼음을 넣은 냉수만을
식수로 사용하는 미국인의 습관을 문제삼고 있다.

　　물질은 원래 차기 때문에
　　찬 것으로 되돌아가고자 한다. 그러나
　　생명은 따뜻한 사랑의 존재,
　　그 따뜻함을 지키기 위하여 항상 따뜻한 물을 먹어왔거니
　　아, 여기서는 이제부터 나도 기계처럼
　　냉각수를 먹게 되었구나.
　　언제부터인가
　　나의 조국 코리아에서도
　　예전엔 따끈하게 데워 먹던 막걸리, 소주, 청주를
　　얼음처럼 차게 얼려 먹느니
　　이곳 아메리카에서는
　　도시 더운 식수를 찾을 수가 없구나.
　　냉수 한 컵을 들고 테이블에 와서
　　무턱대고 얼음을 처넣는 웨이터에게
　　불현듯 외치는
　　'노 아이스!'

　　식수로 찬물을 드는 것은

　　인간이 물질로 환원되어가는 시대의 한

　　증거일 것이다.

―「아이스 워터」중에서

"물질은 원래 차기 때문에 / 찬 것으로 되돌아가고자 한다"는 말이나 "생명은 따뜻한 사랑의 존재"라는 말이 설득력을 갖는다면, 그 이유는 이 말들이 과학적 근거를 갖고 있기 때문이 아니라 비생명체와 생명체에 대한 시인의 시적 상상력을 담고 있기 때문일 것이다. 그러나 시인의 시적 상상력은 여기에서 그치지 않고 얼음 냉수만을 식수로 사용하는 미국인의 모습에 대한 관찰로 이어진다. 따뜻함을 생명의 본질로 파악하는 시인에게 이같은 미국인의 모습은 "냉각수를 먹"는 "기계"와도 같은 것이다. 이와 같은 관찰 이면에는 미국이라는 거대 사회에서 기계처럼 일에만 집착하거나 무감각해져가는 인간상에 대한 비판을 담고 있다. 즉, 시인은 "인간이 물질로 환원되어가는 시대의 한 / 증거"를 확인하고, 이에 저항하고 있는 것이다. 문제는 "언제부터인가 / 나의 조국 코리아에서도 / 예전엔 따끈하게 데워 먹던 막걸리, 소주, 청주를 / 얼음처럼 차게 얼려 먹"는다는 데 있다. 시인은 이처럼 "미국에서 미국이 아니라 한국을 보"고 있는 것이다.

　"인간이 물질로 환원되어가는 시대"를 살아가는 사람들의 나라가 미국이라면, 또한 「종이컵의 사랑」에서 말하듯 "지어밀 대하기를 버려질 종이컵처럼 / 해야 하는" 사람들이 살고

140

있는 나라가 미국이라면, 미국은 결코 "시적"인 곳일 수 없
다.「왜 시가 망했는지 알겠다」의 시작 부분에서 시인은 다음
과 같이 말한다.

> 혼자서 가는 길이 외롭지 않다면
> 시적(詩的)이지만
> 혼자서 가는 길이 외롭다면 그건
> 리얼리즘이다.
>
> —「왜 시가 망했는지 알겠다」중에서

이와 같은 명제 아래 시인은 혼자 사는 것에서 쓸쓸함을, 무서
움을, 삭막함을, 불안함을, 외로움을 느끼는 미국인들의 모습
을 삽화적으로 보여주고 있다. 이 시의 끝 부분을 장식하는 것
은 "공원 잔디밭"의 "젊은 남녀애들"과 "섹스 숍"의 "네온
등"에 대한 소묘인데, 독특한 시적 분위기를 효과적으로 살리
고 있다는 점에서 각별한 주목이 요구된다.

> 저 앞 공원 잔디밭에선 젊은 남녀애들이 짝지어
> 뒹굴고 있는데
> 저 옆 행길가 섹스 숍에선 하나 둘 네온 등이
> 반짝이기 시작하는데
> 혼자서 가는 길이 결국 외롭다면
> 그건 리얼리즘,
>
> —「왜 시가 망했는지 알겠다」중에서

저녁 무렵 "공원 잔디밭"에서 "젊은 남녀애들이 짝지어 / 뒹굴고 있는" 정경은 낭만적일 수 있다. 그러나 그 정경은 "저 옆 행길가 섹스 숍"에서 "반짝이기 시작하는" "하나 둘 네온 등"과 병치되는 가운데 낭만적 분위기를 상실하고 도시적 삶의 외로움을 덜기 위한 절망적 몸짓을 담게 된다. 시인의 표현을 빌리자면 "리얼리즘"의 분위기를 살리게 되는 것이다.

그러나 『아메리카 시편』에 담긴 시들이 한결같이 비판적 관찰자로서의 시인만을 보여주는 것은 아니다. 그의 시집에는 미국의 이곳저곳을 여행하면서 느낀 바를 시인 특유의 서정적 필치로 기록한 시들도 적지 않은데, 이러한 시에서 우리는 낯선 풍물과 사람들에게 던지는 시인의 정감어린 시선을 확인할 수 있다. 그는 심지어 "버너로 갓 끓인 찌개에 소주잔을 함께 나"눌 수 있는 사람과도 만나는데, 여행 도중 만난 "애본 모텔"의 주인이 그러한 사람이다.

어디 가는 길인지요?
별들이 너무 아름답군요.
텁석부리 40대 초반의 주인은
하버드대 영문학 석사,
일찍이 문학을 버리고 현실을 버리고 인간마저 버려
꽃과 별과 새들과 함께 산다.
해는 왜 뜨는지, 별은 왜 반짝이는지,
꽃은 왜 피는지는

세상이 그의 몫으로 남겨놓은 숙제,
버너로 갓 끓인 찌개에 소주잔을 함께 나누며
애본에서 보는 별은 더 맑아 더
슬프다.

—「애본에서」중에서

모텔 주인은 앞서 살펴본 시에 등장하는 미국인들과는 다르다. 시인의 표현을 빌리자면, "꽃과 별과 새들과 함께" 살고 있는 "텁석부리 40대 초반의 주인"은 "혼자서 가는 길이 외롭지 않"은 "시적"인 사람인 것이다. 그와 만나 "소주잔을 함께 나누"는 자리에서 시인이 별을 보고 슬픔을 감지하는 이유는 무엇일까. 그 슬픔은 "혼자서 가는 길이 외롭지 않"은 사람들을 감싸고 있는 정경, 외롭지 않은 마음의 눈에 더욱더 외롭게 비쳐지는 이국의 정경을 암시하기 위한 것일까. 아니면, 이국의 호젓한 밤 분위기에 젖은 시인의 마음 한구석을 암시하기 위한 것일까. 그것도 아니면, 낯선 이국의 풍물과 사람들의 삶을 바라보는 시인의 눈빛, 이국의 풍물과 사람들의 삶에서 자신의 모습까지 읽는 시인의 눈빛을 암시하기 위한 것일까. 우리는 시인의 슬픔에 관해 그 어떤 확실한 답도 할 수 없다. 그러나 그 슬픔이 오세영 시인의 시 세계를 이해하는 데 관건이 될 수 있다는 점만은 확신을 갖고 말할 수 있다. 이전의 작품들뿐만 아니라 『아메리카 시편』 전체를 통해 우리는 "더 맑아 더" 슬픈 별을, 대상을, 자기 자신을 응시하고 있는 시인 오세영의 시적 자아와 만날 수 있기 때문이다.

아메리카 시편

초판인쇄 · 1997년 6월 16일
초판발행 · 1997년 6월 20일
지은이 · 오세영 / 펴낸이 · 강병선
펴낸곳 · 도서출판 문학동네
주소 · 110-521 서울시 종로구 명륜동 1가 31-9
출판등록 · 1993년 10월 22일 제22-188호
전화번호 765-6510~2, 743-2036 / 팩스 743-2037

값 4,000원

ISBN   89-8281-063-3 02810
* 잘못된 책은 바꿔드립니다.
* 저자와의 협의에 의해 인지를 생략합니다.